A Ira dos Dragões
E OUTROS CONTOS

Estus Daheri

A Ira dos Dragões
E OUTROS CONTOS

ilustrações
John Howe

Curitiba
2009

© Copyright Arte & Letra Editora.
Todos os direitos reservados à Arte & Letra Editora. Proibida a reprodução, no todo ou em partes, por quaisquer meios.

Cernunnos (From "JOHN HOWE: Fantasy Art Worksop" published by Impact Books, David & Charles Ltd).
Elves & Dragons (Reprinted with permission from Rackman entertainment © 2009 RACKMAN ENTERTAINMENT).
The Arrival of the Air Ships (From "JOHN HOWE: Fantasy Art Worksop" published by Impact Books, David & Charles Ltd).

Celtic Dragon © Copyright John Howe / Dragon Isle © Copyright John Howe / Knights © Copyright John Howe / The Last Dragon © Copyright John Howe / The Perilous Wood © Copyright John Howe

Arte & Letra - Editora
Av. Sete de Setembro, 4214 - cj. 1201. Curitiba-PR.
(41) 3223-5302
www.arteeletra.com.br

D129i   Daheri, Estus [Thiago Marés Tizzot]

     A ira dos dragões e outros contos / Estus Daheri ; ilustrado por John Howe. – Curitiba : Arte & Letra, 2009.

     210 p.

     ISBN 978-85-60499-19-9

     1. Literatura brasileira. 2. Conto brasileiro. I. Tizzot, Thiago Marés. II. Howe, John. III. Título.

           CDU (2a. ed.) 821.134.3(81)

Para Larissa

Sumário

Ereduin...9

Viagem a Peneme.................................31

Bestas de Wyen.....................................57

O Ladrão e o Menestrel..........................77

Qenari..105

A Ira dos Dragões................................127

A Maldição de Krauns...........................153

O Herói Esquecido...............................181

Ilustrações...208

Mapa de Breasal..................................211

Ele fechou os olhos e deixou que o vento gélido batesse em seu rosto. À frente apenas um precipício, o vazio onde há pouco ele guiava seu dragão e brandia sua espada. Sentia o sangue acalmar-se lentamente em suas veias, ainda escutava o som da batalha em sua mente. Respirou profundamente, sentiu a dor nas costelas. O único golpe que escapou de seu escudo, um pequeno preço a pagar pela vitória. O inimigo lutou bravamente, mas seus corajosos esforços apenas colaboraram para que Morted e seus guerreiros obtivessem uma conquista ainda maior. O elfo sabia que seu nome ecoaria em grandes salões enquanto guerreiros bebem e escutam as façanhas cantadas por menestréis.

Pois Morted realizara uma façanha jamais vista. Sob seu ataque Ereduin caíra. Digna de lendas e canções, a fortaleza era considerada inexpugnável, lar de guerreiros habilidosos que protegem com suas vidas os sábios que guardam os segredos do mundo. Por anos e mais anos reinos e exércitos poderosos tentaram tomá-la, mas Ereduin recusava a ser subjugada. Porém hoje era diferente. Morted tinha a vitória e seus pés caminhavam sem temores sobre a pedra gelada de Ereduin.

Não comandava um exército, mas um grupo de guerreiros, excelentes guerreiros. Divididos em pares, dragões e elfos, tornavam-se um grupo único de combatentes e Morted os liderava sempre à vitória. Deslizando pelo ar, guerreiro e dragão se tornam um só, uma única arma que tem somente um objetivo. Matar. Os cavaleiros de dragão eram cobiçados por reis e poderosos magos, porém lutavam por si. Pela glória e riqueza que a vitória traz. Jamais tinham aceitado lutar por alguém. Mas hoje tudo mudara.

O elfo observava enquanto seus guerreiros bebiam e celebravam a vitória, entretanto ele não conseguia sentir orgulho ou comemorar. Estava alegre e plenamente consciente da conquista que acabara de ter, porém faltava o orgulho. E isso o incomodava. Criado nas antigas tradições, a honra era importante demais para que ele próprio pudesse contar seu feito em tavernas. Morted não tinha feito uma luta justa. Admirando a fortaleza, tinha certeza de que se enfrentasse Ereduin como um guerreiro honrado, teria fracassado como os outros que vieram antes dele.

Lembrava-se da batalha, dos rostos dos inimigos mortos. Mesmo sem vida os olhos do capitão de Ereduin demonstravam surpresa diante da traição. Aquela expressão, Mortred sabia que iria assombrá-lo pelo resto de sua vida, tinha lutado por um traidor e sua honra jamais seria reconquistada. Mas essa era apenas uma das muitas coisas que perturbavam a mente de Morted naquela tarde, pois o elfo sabia o que os muros de Ereduin protegiam. A fortaleza era a morada dos Artefatos de Raça, poderosas relíquias que governavam o destino de todas as criaturas de Breasal.

Os Artefatos preservavam a essência vital das raças. Ninguém sabe ao certo como foram feitos, mas todos concordam que somente os Deuses poderiam criar tal coisa. Quando um Artefato é quebrado, todas as criaturas da raça ligada a ele morrem e jamais são vistas vagando por Breasal novamente. Os sábios dizem que eles foram forjados para testar e tentar a todos. Por longos anos os Artefatos permaneceram seguros e intocados, longe dos olhos gananciosos e das mentes ávidas por poder. Mas agora enfrentavam uma ameaça que nem mesmo os Tark Vadum, seus guardiões, poderiam ter previsto.

Mesmo sabendo de todas as histórias, Morted precisou atacar e tomar Ereduin. Não foi pela vitória, pela glória de conquistar o impossível que agira. Foi por amor. Sentia uma grande angústia e a imagem de sua família inundava sua mente com violência. Os cabelos dourados de sua mulher e o riso de sua filha. Amaldiçoado seja Lorac. Ainda não conseguia acreditar que ele fora enganado daquela maneira. Tudo que queria era cortar a garganta do maldito enquanto acompanhava o horror em seus olhos. Não. Não podia pensar nisso naquele momento. Precisava se concentrar e acabar com aquilo de uma vez.

Sabia que tinha condenado sua alma para a eternidade, mas não se importava, faria qualquer coisa por sua família. Agora seu coração estava envolto em trevas.

Olhou para as planícies que se espalhavam ao redor da montanha, acompanhou a estrada que serpenteava pela rocha até uma pequena vila, não muito longe da fortaleza. Com fumaça saindo das casas e seus moradores cuidando de suas vidas sem suspeitarem que o destino deles também estava sendo decidido hoje, pois seu Artefato, sua essência vital, também estava na fortaleza que Morted conquistara. As formas arredondadas de Macnar apareciam no centro da vila, ali estava a única ameaça. Os passos pesados de Dagurum afastaram estes pensamentos.

– Ele deseja falar com você, Morted.

– Bem, creio que não posso deixá-lo esperando – sorriu o elfo para seu companheiro de batalha.

Seguiu sem muita vontade, passou por uma pequena porta e desceu uma escada estreita. Chegou a uma saleta oval com pouca luminosidade onde dois sujeitos guardavam uma porta de madeira com puxadores de metal. Vestiam uma precária armadura, as espadas e seus elmos eram uma ínfima tentativa de intimidar os inimigos. Morted sorriu ao vê-los, mas segurou sua língua para não dizer nenhuma palavra. Não faziam parte de seus guerreiros, eram homens de Lorac. Eles olharam para o comandante e mecanicamente abriram a porta, com uma aceno de cabeça o da direita indicou que Morted deveria entrar.

Uma ampla sala com piso e paredes feitos de pedra branca. Pedras preciosas e fios de ouro incrustados na parede formavam desenhos assimétricos, era de uma riqueza impressionante, bem como de mal-gosto. Em uma cadeira coberta com peles, sentado como se estivesse em um trono, mas sem a dignidade de um soberano, estava Lorac.

Passava os dedos ossudos pela barba espessa e mal aparada, o cabelo comprido era preso por uma tira de couro. Suas vestimentas estavam sujas e esfarrapadas, para muitos não passaria de um mendigo de estrada. Para os mais sábios bastava reparar em seu olhar frio e reconheceriam que estavam diante de alguém perigoso.

Morted teve dificuldades em encará-lo desde a primeira vez que o conheceu, quando ele surgiu em sua casa tentando comprar seus serviços. O elfo desviou o olhar para uma das pinturas na parede. Não conseguia compreender como Lorac tinha se tornado um Tark Vadu. Que tipo de engodo Lorac tinha utilizado para se tornar um dos guardiões dos Artefatos. Ou talvez sua mente fosse muito estreita para compreender as razões dos Tark Vadum. De qualquer maneira era tarde, a traição fora cometida e o destino era agora incerto.

— Agradeço por cumprir sua promessa — Lorac falava com alegria — mas lembre-se de que a vitória de hoje pertence a mim. Você não passou de um fantoche que fez uma apresentação memorável por ter sido muito bem conduzido.

— Guarde sua falsa simpatia para outro — o elfo tinha a mão sobre o cabo de sua espada. — Nós dois sabemos o que se passou aqui. E nenhuma vitória é completa quando existe a traição. É chegado o momento de você cumprir com sua palavra.

O Tark Vadu bebeu de uma taça de prata que estava apoiada no braço da cadeira. Uma gota de vinho pendia em seu lábio e antes que escorresse, ele a sorveu com sua língua preta de norethang.

— Fique tranqüilo, sua família está segura — Lorac sorriu e seus olhos ovalados, quase se fecharam por completo. — Assim que terminarmos em Ereduin e eu decidir que seus serviços não me são mais úteis, eles serão libertados.

Antes que Lorac pudesse dar um novo gole, Morted tinha a lâmina de sua adaga encostada na garganta do Tark Vadu. O norethang prendeu sua respiração. Finalmente fora surpreendido.

— O que me impede de silenciá-lo pela eternidade? — o elfo sussurrava estas palavras no ouvido de Lorac.

— A dúvida, meu bravo amigo — respondeu sem demonstrar

nenhuma alteração na voz. – Você realmente confia em minhas palavras? Ou seu coração só estará tranqüilo quando seus olhos pousarem sobre sua família?

– Até onde sei, minha família pode estar morta há dias. Você traiu os Tark Vadum, não vejo porque não me trairia também.

– Isso pode ser – sentia a lâmina cortando sua carne, – entretanto existe a possibilidade de ainda estarem vivos. A esperança é uma fraqueza que todos nós carregamos em nossos ombros. Por isso sugiro que se acalme. Se desejar rever seus filhos com vida.

Morted recuou, um fio de sangue descia pelo pescoço de Lorac.

– Mantenha seus guerreiros guardando a fortaleza – continuou o Tark Vadu enquanto retirava um lenço de suas vestimentas. – Creio que não precisarei de muito mais tempo.

– Acalme seus temores – respondeu secamente o capitão. – Ereduin está segura.

– De meus temores cuido eu – pela primeira vez Lorac demonstrou descontentamento, – e você cuide para que as tropas de Ludlyn não cheguem aqui.

Dispensou o capitão com um leve gesto. Lorac estava orgulhoso de seus feitos e ao contrário de Morted não teria nenhuma culpa em alardeá-los para quem quisesse ouvir. Acreditava que suas ações foram de uma perspicácia enorme e teria um lugar na História do mundo. Os Artefatos logo seriam seus e então, Breasal estaria à sua disposição. Há anos ansiava por isto, à noite em seu catre perdera o sono imaginando como seria poder segurar o poder em suas mãos.

Porém a cidade de Ludlyn, com suas poderosas tropas, era uma ameaça. Ela guardava entre seus muros um grande edifício, uma construção de pedras negras e janelas de prata. Até mesmo ali de Ereduin era possível ver as formas arredondadas de Macnar, assim ela era chamada. Em seu interior estavam grandes guerreiros, que vestiam armaduras prateadas e levavam o estandarte de Ereduin. Esta era uma das muitas maneiras que os Tark Vadum tinham para manter a segurança da fortaleza. Forças divididas. E este estratagema se revelava útil agora. Seria preciso um ataque monstruoso para derrotar os guerreiros de Ereduin e Ludlyn simultaneamente e a vitória de Lorac era breve, pois a qualquer instante as forças de Macnar poderiam atacar. Era apenas uma questão de tempo.

E tempo seria algo preciso para Lorac, pois mesmo sendo um Tark Vadu a localização dos Artefatos era desconhecida para ele. Somente o seu líder tinha essa informação. Isso significava que estava diante de duas opções. Poderia procurar por toda Ereduin, uma tarefa longa, arriscada e tediosa. Ou obrigar que Copko, o líder dos Tark Vadum, lhe dissesse o que precisava saber. Não tinha dúvidas de que a segunda seria mais interessante.

Chamou por Garuak e imediatamente um sujeito franzino de pele arroxeada e olhos amarelos entrou na sala. O kuraq fez uma grande reverência a Lorac e respeitosamente aguardou suas ordens.

– Traga-me Copko – disse com afetação, tentando demonstrar grandeza. – Quero conversar com ele.

– Imediatamente, senhor – Garuak fez mais uma exagerada reverência e saiu.

O kuraq deixou a sala com um grande sorriso em seu rosto. Estava sinceramente feliz pelo sucesso de seu mestre, tinha uma admiração cega por Lorac e acreditava que estava diante do ser mais poderoso e genial de toda Breasal. Jamais duvidava de suas ordens ou decisões e até o momento parecia estar certo ao fazê-lo.

Ordenou que dois trols o acompanhassem e desceu pela escada em espiral que seguia até o calabouço. Desde que os Tark Vadum tinham tomado posse de Ereduin, poucas vezes suas celas foram usadas. Um musgo escuro se espalhava nas pedras do chão, manchas escuras de umidade surgiam nas paredes e os olhos precisavam se acostumar à pouca luz do local. O ar era pesado e o cheiro de mofo irritava. Um largo corredor atravessava as quatro celas, duas de cada lado, e era impressionante ver que o metal das grades e portões estava limpo. Como se tivesse acabado de ser polido. Garuak tentara descobrir de que metal se tratava, mas até agora seus esforços em nada resultaram.

Das quatro grandes celas, três estavam sendo ocupadas. Na primeira cela da esquerda encontravam-se os serviçais e na segunda, os soldados que sobreviveram à batalha. Ninguém sabia o destino dos feridos. Na primeira da direita se encontravam os dez Tark Vadum restantes. Garuak confirmou que as tochas estavam acesas, os guardas atentos e as celas trancadas. Conferiu o número de prisioneiros e sentiu orgulho de seu desempenho. Tudo estava perfeito. Ordenou que um dos trols abrisse o pesado cadeado e em uma demonstração de bravura entrou. Na verdade, não esperava encontrar nenhuma resistência ali. Segundo seu mestre, os Tark Vadum preferiam pensar a agir.

O kuraq apontou para um gnomo que estava sentado ao fundo, usava óculos retangulares na ponta do nariz, mãos no colo e os dedos entrelaçados. Era Copko, líder dos Tark Vadum. Lentamente ele se levantou e acompanhou Garuak. Sua altura mal chegava à cintura do trol que o escoltava pelo corredor, mantinha os dedos entrelaçados à frente do corpo e seu olhar era sereno. Garuak estufou o peito e levantou o queixo enquanto levava o gnomo para Lorac, aquele que um dia Copko chamou de amigo. O kuraq tinha um sorriso maléfico no rosto, sabia dos horrores que esperavam por Copko.

O que ninguém percebeu é que na segunda cela da direita, ocupada somente por móveis antigos e caixas empoeiradas, um par de olhos acompanhava tudo com apreensão. Esperando o momento certo para deixar seu esconderijo e se juntar aos seus amigos. Porém um trol permanecia o tempo todo na porta, sentado em um frágil banco de madeira. Na verdade ele agradecia por isso porque suas pernas ainda tremiam e teimava em recuperar o fôlego. Desde o ataque, as coisas aconteceram rápido demais e ele não tinha compreendido o que se passava na fortaleza.

A primeira coisa que lembrou foi de sua mãe em Ludlyn, como poderia avisá-la sobre o ataque. Era preciso que a guarnição de Macnar soubesse o que acontecia. Então a voz doce de sua mãe ecoou em sua cabeça dizendo que trabalhar e viver em Ereduin era loucura. Mesmo sozinho ele repetiu suas razões, como se as palavras pudessem chegar até sua mãe. Ele nada podia fazer, era seu sonho, seu destino e ninguém o faria desistir de um dia vestir a armadura prateada de Ereduin. Um dia, jurara para si, se tornaria um Tark Vadu, um soldado da elite, protetor do destino do mundo. Ele precisava estar ali. Era seu sonho.

Lembrou também de sua tentativa ano passado para se juntar aos protetores e do grande desastre que aquilo fora. Sua confiança ficou abalada, mas não sua determinação, e ao final daquele dia ele era um dos cavalariços de Ereduin. Sua vida era alegre na fortaleza, convivia bem com todos e ele acreditava que logo poderia tentar novamente um lugar entre os guerreiros. Agora tudo era incerto.

E foi por ainda ser um cavalariço que ele estava entre as caixas e não entre os cativos. Quando no céu a silhueta dos dragões surgiu e os primeiro sons de batalha invadiram a fortaleza, ele só pensava em ajudar, mas antes precisava de uma arma. Sabia que existia uma velha espada guardada nas caixas do calabouço, a arma com a qual secretamente ele treinava, e correu até lá para pegá-la.

Um ataque fulminante e preciso, os guerreiros de Morted foram perfeitos. Quando o cavalariço finalmente encontrou a arma, a porta do calabouço foi escancarada e os prisioneiros colocados em suas celas. Ereduin tinha caído. Desde então ele esperava que o trol deixasse seu posto para libertar seus amigos. Resgatar a todos era um grande feito, tinha certeza de que lhe dariam uma armadura prateada e ele seria um dos protetores de Ereduin depois disso. Os Tark Vadum não poderiam negar seu mérito.

Apertava o cabo da sua espada e fixava os olhos no trol, tentando empurrá-lo para fora da sala com seu pensamento. No íntimo esperava que Copko resolvesse a situação, pois seria necessário muita coragem para ele deixar seu seguro esconderijo. Então pela porta um grito, um grunhido invadiu a sala e o trol sumiu apressado pela porta.

Era o momento de provar que era digno de ser um protetor de Ereduin. Fez uma prece a Nakta, deusa das estrelas, e pulou para o corredor vazio. A luz fraca iluminou seu rosto e a primeira reação dos prisioneiros foi de temor, mas logo reconheceram o cavalariço e se acalmaram.

– Não se preocupem, vim libertar vocês – o barulho do ferro contra a lâmina da espada ecoou alto.

– Tienan, poupe suas forças, sua espada não conseguirá vencer estas grades – disse Midlin, um dos Tark Vadum. – Nossa liberdade não é importante, já fomos derrotados uma vez e seremos novamente por Morted e seus guerreiros. Você precisa avisar as tropas de Ludlyn. Macnar é nossa única chance.

Da escada vieram passos pesados, o barulho deve ter atraído a atenção do trol.

– Garoto, nesta cela – Pietuk, o cozinheiro, apontou para o local em que Tienan estava escondido. – Existe uma passagem por entre a pedra. Não sei aonde leva, mas é o melhor que você tem.

O cavalariço correu novamente para seu esconderijo pouco antes do trol surgir pela porta. Tienan ficou em silêncio, quase não respirava. O suor escorria por seu rosto. A criatura olhou através da porta, puxava o ar com força por seu horrendo nariz, com longos passos caminhava pelo corredor. Cheirando, perscrutando cada cela. Por instinto Tienan fechou os olhos e se encolheu.

Ao perceber que tudo permanecia tranqüilo, o trol grunhiu algumas palavras e voltou sua atenção para o seu banco, onde refastelou-se.

Somente quando escutou seus amigos conversando na cela do outro lado do corredor é que o cavalariço atreveu-se abrir os olhos. Lentamente passou a identificar as formas na escuridão. Caixas, cadeiras, armários, mas ainda assim a luz das velas era muito fraca para que pudesse encontrar alguma passagem. Começou a passar suas mãos pela rocha úmida e gelada, correndo os dedos por todas as reentrâncias que encontrava, porém encontrava sempre a rocha, firme e insistente.

Estava a ponto de desistir quando sua mão encontrou o vazio. Quase levou um tombo, mas conseguiu se equilibrar. Com o tato descobriu que existia uma abertura grande o suficiente para passar. Tentou olhar o interior, mas tudo que via era uma escuridão densa. Respirou fundo e com a espada à frente, começou a caminhar. Depois de alguns passos ganhou confiança e arriscou aumentar o ritmo. Sentiu uma leve brisa no rosto, ar novo, tinha encontrado o caminho que Pietuk mencionara. As luzes do calabouço ficaram para trás e a escuridão imperava. Agora guiava-se apenas pela ponta da espada e sua coragem.

Perdeu a noção da distância e do tempo que tinha avançado, mas Tienan podia jurar que um novo dia já chegara. Só continuava porque o ar fresco insistia em bater em seu rosto. O som de gotas batendo contra a rocha incomodava, seu pé esquerdo sangrava, ferimento causado por uma pedra no caminho, mas em nenhum momento pensou em desistir. Em sua mente Ereduin dependia somente dele.

Enquanto Tienan imaginava a festa que seria feita em sua homenagem quando tudo estivesse terminado e ele fosse um herói, sentiu uma mão agarrar seu braço e o puxar com força. Seus olhos foram ofuscados pela luz do sol e o cavalariço pôde sentir dedos magros em seu pescoço.

– Solte sua arma e diga-me por que vagueia pela escuridão? – uma voz rouca, mas poderosa quebrou o silêncio.

Tienan largou a espada, mas ficou em silêncio. Não conseguia decidir se contava a verdade ou inventava uma mentira.

– Vamos – comandou a voz. – Não tenho o tempo nem a paciência para você – os dedos se apertaram em volta de seu pescoço.

– Estou tentando encontrar o caminho até Ludlyn – decidiu que a verdade era o mais adequado para a situação, – Ereduin caiu.

Os dedos afrouxaram, mas ainda permaneciam no pescoço do cavalariço. Tudo que conseguia ver era um vulto de cabelos e barba comprida.

– Ereduin caiu? Isto é impossível – o aperto voltou e a respiração ficou novamente difícil. – Você mente, garoto.

– Não – sua voz não era mais que um sopro. – Os Tark Vadum foram traídos. A fortaleza não teve chance.

Os dedos se afastaram e o ar invadiu seus pulmões novamente. A luz abaixou e Tienan pôde ver sua ameaça. Encontrava-se diante de um humano, com barbas e cabelos acinzentados, de pele pálida e expressão cansada. Seu rosto era marcado pelo tempo, porém as marcas no pescoço de Tienan demonstravam que ali a vida ainda pulsava com intensidade.

— Como descobriu o caminho? — o velho se apoiou em uma saliência da parede.

— Pietuk me contou sobre ele — o cavalariço sentou-se no chão.

— O gordo Pietuk não poderia ter lhe ensinado o que ele mesmo não sabe — o velho olhou desconfiado para Tienan.

— Ele mostrou-me a entrada. Não tenho certeza de como consegui chegar aqui. De alguma forma eu sabia por onde andar, senhor.

Por um instante o espanto passou pelo rosto do velho e ele mirou atentamente para o garoto que tinha diante de si.

— Desculpe, senhor, mas preciso seguir — o cavalariço levantou. — Tenho que avisar as tropas de Ludlyn.

— Eu compreendo, mas sinto lhe informar que por aqui você não encontrará Ludlyn, apenas a morte — diante dos olhos de espanto do jovem, ele continuou. — O caminho está partido e um precipício separa você de seu objetivo.

Tienan abaixou sua cabeça. Outro fracasso.

— Talvez seja melhor voltar e esperar — o velho afastou a lamparina, a luz que Tienan julgara ser o sol. — Talvez a roda do destino gire novamente.

— Não — sem perceber, o cavalariço levantou a voz, — não vou abandonar meus amigos ou minhas responsabilidades.

— Tem certeza? Você pode deixar o perigo para trás e esperar — o velho sorria — sem precisar fazer nada.

— Guarde suas palavras para outro — disse com firmeza.

— Bom, bom — disse claramente enquanto outra idéia passava por sua mente. — Venha. Talvez eu possa ajudá-lo — o velho pegou sua lamparina e sumiu nas reentrâncias da montanha.

Sem opções, Tienan se apressou para seguir o velho. Acompanhava a luz tremulante e quase perdeu o rastro, a caminhada era veloz. Por vezes era quase impossível passar e Tienan pensou que ficaria preso para sempre entre as rochas, em outras caminhavam por grandes espaços com apenas uma pequena saliência para apoiar os pés. Finalmente chegaram a uma tosca porta de madeira de onde uma leve luz passava pelos vãos.

O velho abriu a porta para revelar uma pequena sala, com uma mesa, cama, sofá e uma estante com livros. Deixou a lamparina sobre uma pequena cômoda, logo à frente estava um fogão e apetrechos de cozinha. Mas era difícil reparar nestas coisas. A sala tinha as paredes repletas de desenhos, plantas e anotações. Pregados com pequenos cravos de metal ou feitos na própria pedra, formavam um redemoinho de informações.

Demorou um pouco, mas Tienan reconheceu Ereduin ali. O velho olhava avidamente para os desenhos. Puxava-os da parede, jogava no chão, cobria o solo com velhos pergaminhos. Abriu um armário e derrubou todo seu interior sobre o tapete, ficou de joelhos sobre livros, mapas, penas e esquadros e com as mãos espalhava tudo. Logo a pequena sala iria se encher com a bagunça. Tienan observava tudo em silêncio, deslumbrado com aquilo.

Depois de algum tempo zanzando e remexendo, o velho parou com um pequeno livro gasto e de capa roxa na mão. Abriu cuidadosamente e retirou um papel dobrado à perfeição. Voltou-se para um grande mapa fixado na parede ao lado da estante de livros.

– Preste atenção – o velho colocou seu dedo magro sobre o desenho. – Vamos seguir por aqui, até a biblioteca – seu dedo corria pelo desenho feito em aquarela. – Você irá para o topo. Deve deixar a torre central verde. Sim. Isto fará com que Ludlyn acorde.

– Como faço... – Tienan foi interrompido por um gesto brusco.

– Não temos tempo para bater papo – o velho voltou sua atenção para o mapa. – Na biblioteca você terá que atravessar um pequeno corredor que levará a esta escada. Depois é só seguir até o terraço. Pronto. Ereduin estará salva.

O velho sorriu para o cavalariço por um instante e deu as costas. Pegou uma mochila de couro, colocou o livrinho dentro e foi até um baú de madeira. Pegou sua picareta, martelo e pá e colocou tudo na mochila. Todos estavam gastos e demonstravam um uso freqüente. Jogou a mochila nas costas, pegou sua lamparina e sumiu na escuridão do túnel.

Tienan hesitou por um segundo, pensou em dizer algo, mas apressou-se em segui-lo; a fraca luz já estava sumindo no corredor de pedra.

É impossível relatar o percurso que fizeram. Foram tantas as voltas, subidas, descidas e mudança de trilhas; porém, ao final, estavam diante das belas e familiares estantes de livros da biblioteca.

– Aqui nos separamos – disse o velho. – Espero que nosso próximo encontro seja em uma situação mais feliz – estendeu a mão calejada.

O cumprimento foi firme e breve. O cavalariço abriu a palma de sua mão e descobriu uma pequena chave de ouro. O velho sorriu, arrumou a mochila em suas costas e sumiu na escuridão. Tienan queria ter se despedido, falado qualquer coisa, mas não sabia o quê. Ficou apenas com a lembrança agradável que a presença do velho deixara.

Ele olhou à sua volta, muitas vezes estivera ali, infelizmente para tirar o pó dos livros. Era uma sala oval com suas paredes repletas de livros, duas escadas de prata serviam para alcançar os volumes próximos ao teto. Grandes mesas, algumas cadeiras e muitas lamparinas. Todas decoradas com o desenho de um pôr-do-sol, símbolo de Ereduin.

Percorreu a sala com passos leves, apesar do silêncio profundo não queria cometer nenhum erro. A pesada porta estava entreaberta e Tienan pôde ver o corredor iluminado. Toda a parede do corredor era ocupada por uma pintura, uma grande batalha, o chão era de pedra lisa, mas não como o resto da fortaleza. Era uma pedra vermelha, como sangue. Provavelmente, calculou, com quinze passos largos, chegaria até a escada.

Tienan se preparava para correr quando vozes ecoaram. Da extremidade oposta apareceu um elfo. Vestia uma armadura de couro e levava uma espada na cintura. Olhava sem muita atenção para a pintura na parede, um vigia sem dúvida, mas parecia relaxado. O cavalariço soube que tinha chegado o momento. Precisaria lutar se quisesse chegar ao topo e salvar Ereduin.

Olhou para sua espada com a lâmina curta e gasta. Lentamente deslizou o dedo pela superfície da lâmina, seus temores se confirmaram, há muito não era afiada. Ao menos a ponta ainda poderia representar um perigo. Decidiu que sua melhor arma seria a surpresa.

O elfo passou tão perto da porta que Tienan poderia tê-lo acertado sem dificuldades, mas não conseguiu atingir um homem pelas costas. O cavalariço detestou sua moral, porém não poderia fazer de outra forma. Abriu a porta e esperou pela reação de seu adversário.

O elfo virou-se já com a espada em punho. Não demonstrava surpresa e não hesitou por um instante. Atacou com velocidade, mas sem fúria. Tienan suportou como pôde, recuando e aparando os golpes. Mas sabia que era apenas uma questão de tempo até seus esforços serem derrotados. Sua habilidade era incomparável com a do adversário. O elfo atacou novamente, três, quatro golpes e o cavalariço ainda resistia. Sua persistência foi irritando o adversário que agora deixava a técnica e golpeava com raiva. Com demasiada força e sem precisão. Tienan desviava com facilidade, sua confiança crescendo a cada erro do vigia. Com um grito de raiva, o elfo acertou a pintura na parede e sua espada ficou presa na tela.

Tienan não hesitou. Golpeou, mas com o lado da lâmina. Acertou em cheio a cabeça desprotegida do elfo que imediatamente caiu desacordado. Sem os sons da luta, Tienan pôde escutar passos apressados ecoando na escada. Os gritos do elfo tinham atraído outros guerreiros. Largou sua espada e pegou a arma do inimigo. Correu pelo corredor e subiu. Pulava de três em três os estreitos degraus. Depois de algum tempo seu pulmão doía e o ar frio arranhava sua garganta, ainda assim ele continuava. Jogou a espada fora, não precisava do peso extra. Podia escutar os passos lá embaixo, mas achava que não estavam se aproximando.

Sua mente rodava e as pernas fraquejavam quando avistou uma porta. Jogou-se contra ela que se abriu com força. A luz do sol e o vento gélido bateram em seu rosto e desta vez Tienan estava realmente fora da fortaleza. Rapidamente fechou a porta e para sua surpresa descobriu que ela tinha uma tranca para o lado de fora. Correu a pesada barra de ferro e desabou. Tentava puxar o ar, mas ele não vinha. Os músculos da perna latejavam e sentia o sangue em suas veias disparado. Por um momento pensou que não iria suportar. Conseguiu se levantar e respirar com dificuldade quando escutou os primeiros golpes na porta.

Os golpes vinham acompanhados de gritos e maldições, mas a barra de ferro era forte e a porta permanecia fechada. Tienan logo esqueceu a ameaça e voltou sua atenção para o terraço. Era uma vista impressionante, podia ver os cumes de todas as montanhas que compunham a cordilheira Lawndar. Percebeu que em quatro cumes ao redor da fortaleza estavam os guerreiros de Morted e seus dragões. À espreita, jogando a sombra da ameaça contra todos. À frente a grande planície do Reino de Mentio e depois a floresta Tempestuosa.

No centro do terraço estava uma grande coluna de pedra negra. Preso a ela três grossas correntes que seguiam em direções opostas até o parapeito. Tienan foi caminhando ao lado de uma das correntes, ela estava presa à haste de madeira que segurava uma grande lona verde enrolada. Um cadeado ornado com o pôr-do-sol mantinha a lona presa à haste de madeira. Circundando a torre passou pelas outras duas correntes, o mesmo sistema, um cadeado e uma lona. Voltou para o primeiro cadeado.

Buscou em seu bolso pela chave do velho. Serviu. Tienan girou a chave, o cadeado pulou e a lona começou a cair. O barulho ecoou pelas montanhas. Correu para o próximo cadeado. Não seria difícil, ele podia salvar Ereduin. Seguiu confiante e liberou mais uma lona, ela corria pela parede da torre, deixando o tecido verde sacolejar ao vento.

Estava para colocar a chave no terceiro cadeado quando um grito feroz rasgou o ar. Um dragão surgiu, suas escamas prateadas refletiam a luz do sol, um elfo brandindo uma enorme espada olhava firmemente para o cavalariço. Ele correu, podia escutar o bater das asas da criatura, não conseguiria. Sentiu uma batida forte em seu ombro, as garras do dragão cortando sua carne. Tropeçou em suas próprias pernas e caiu. O ferimento doía, Tienan levantou sua cabeça e viu que o elfo conduzia o dragão, circundavam uma torre um pouco mais distante. Não demoraria para atacarem novamente. Levantou-se e correu.

A cada passo ele esperava por mais um golpe, talvez o derradeiro. Colocou a chave no cadeado e girou-a. Nenhum golpe ainda. Precisava fugir. Procurou por alguma saída, não existia nada que pudesse fazer. A lona foi caindo no vazio, livre. Encostou-se no parapeito, era inútil, porém queria ficar o mais longe possível dos seus atacantes. Não arriscou virar-se para encarar o inimigo, olhou para baixo e percebeu uma pequena saliência na torre, poderia descer pela lona e se apoiar ali. Não. Era loucura. O vento soprava forte. O menor erro e ele morreria. O dragão gritou novamente. O terror invadiu os ouvidos de Tienan. Deixe a covardia. Faça alguma coisa. Aja.

Respirou fundo e sentou-se no parapeito. Agarrou a lona com todas as suas forças, mas não conseguiu descer. Avistou Ludlyn, lembrou de sua mãe e da sua missão. Fechou os olhos e saltou.

O vento era tremendo. Muitas vezes a lona levantou e o cavalariço bateu com força na torre. O sangue começou a escorrer por debaixo das suas unhas. Uma dor lancinante subia dos dedos. Mas ele seguia em frente. Seu ombro estava empapado com o sangue que escorria, sentia suas forças se esvaindo com o líquido vermelho. De repente o grito. O dragão surgiu no horizonte, o elfo apontou a espada para Tienan e seus lábios formaram a palavra morte. Aterrorizado, ele fez a única coisa possível, foi para trás da lona verde e se preparou para o golpe.

A lateral de seu corpo recebeu um poderoso impacto. Teria sido mortal se não fosse por um detalhe. Atrás de Tienan não estava a dura pedra de Ereduin, mas sim uma janela. O cavalariço foi arremessado através do vidro.

Nada mais. O silêncio. A escuridão.

*

*   *

Acordou dentro de um quarto pequeno, prateleiras repletas de comida e barris de vinho. A despensa. Todo seu corpo doía, uma poça de sangue se formara ao redor de seu ombro. Não conseguia mexer o braço direito. Não sabia quanto tempo tinha ficado desacordado. Pela janela viu que o sol estava alto, por isso, Tienan acreditava que tinha passado toda a noite e uma boa parte do dia ali. Conseguiu se levantar, porém seus dedos ainda estavam fracos e não conseguia fechá-los. As costas doíam uma barbaridade.

Pegou com dificuldade uma fruta e comeu. Encontrou um barril com água, bebeu e lavou os dedos. Ardiam que era uma praga. Caminhou até a porta. Silêncio. Esperou por um momento e nada. Não hesitou e girou o trinco. Imediatamente reconheceu a escada. Não se lembrava de ter visto uma porta durante sua corrida para o topo, mas achava que no estado em que se encontrava não iria reparar nessas coisas. Lentamente desceu.

Chegou ao corredor. Vazio. Apenas a tela rasgada, nada de vigia. Continuou andando e chegou a um amplo salão. Uma mão agarrou seu braço esquerdo.

– Garoto – uma voz grave, – o que você está fazendo aqui? – ele olhou para as roupas de Tienan ensangüentadas. – Barbaridade, o que aconteceu com você?

Ele apenas sorriu para Figan. Era um dos soldados que viviam em Macnar. A fortaleza estava salva.

– Estão procurando por você – continuou Figan. – É bom ver que você conseguiu – ele soltou seu braço. – Venha comigo.

O soldado levou o cavalariço até a ala onde ficavam os quartos dos Tark Vadum. Durante a jornada Tienan recebeu palavras de agradecimento e congratulações. Não sabia como receber os elogios, mas os apreciava bastante.

Pararam diante de uma das portas e Figan a abriu. Fez um gesto com a cabeça para que o garoto entrasse. Tienan entrou para encontrar Copko sentado ao lado de uma cama. O líder dos Tark Vadum fez sinal para que o cavalariço se aproximasse. Então ele percebeu que deitado na cama estava o velho. As lágrimas vieram, mas Tienan as segurou nos olhos.

— A morte de Galemtag é uma perda muito grande para todos nós — disse Copko, uma grande cicatriz atravessava o lado esquerdo de sua face.

— Tenho uma grande dívida para com este homem e agora jamais terei a chance de pagá-la — o cavalariço olhava para o rosto sereno do velho.

— Todos de Ereduin têm uma dívida com você, jovem Tienan. Foi sua bravura que nos salvou — o gnomo sorriu. — Talvez você tenha sua chance. Antes de morrer, Galemtag me pediu um favor — mexeu em seus bolsos. — Ele queria que você ficasse com isto.

O Tark Vadu entregou para Tienan o livrinho gasto de capa roxa. O jovem segurou com cuidado o livro. Olhou para Copko que assentiu, respirou fundo antes de abrir as frágeis páginas. Anotações, mapas e datas. Tudo escrito em letras firmes e legíveis.

— O que é isto?

— Entenda, Tienan, estamos dentro desta longínqua fortaleza cercados por excelentes guerreiros e ainda assim não conseguimos ficar longe de perigos e ameaças — Copko suspirou, — em alguns momentos mesmo os Tark Vadum se mostram inúteis. Não podemos arriscar desta maneira os Artefatos de Raça. A única solução que conhecemos é confiar em apenas um — ele olhou para o velho deitado. — Somente um pode saber a localização exata dos Artefatos. Somente um deve alterá-la sempre que julgar necessário. Somente um — o gnomo suspirou — deve carregar o fardo de protegê-la.

— Não estou compreendendo.

— Tudo isto — Copko apontou para as paredes, — todos nós,

estamos aqui para proteger este homem. E nós falhamos. Falhamos em proteger o guardião dos Artefatos. – Tienan arregalou os olhos – E agora ele precisa ser substituído. Você deve substituí-lo.

– Eu?

– Sim. O guardião escolheu você e a escolha dele é definitiva.

Por um longo momento o jovem permaneceu olhando para o rosto de Galemtag. Mesmo sem vida, existia uma paz reconfortante em seus traços. As lágrimas rolaram por seu rosto. Finalmente Tienan compreendeu. Como um raio tudo que aconteceu desde a queda de Ereduin passou por sua mente e ele aceitou o seu destino.

Guardou o livrinho em seu bolso, pegou a mochila com as ferramentas gastas e jogou-a nas costas. Despediu-se de Copko com um forte abraço. Fez uma grande reverência a Galemtag.

– Adeus, Copko, espero que nosso próximo encontro seja em uma situação mais feliz.

O novo guardião dos Artefatos sumiu na escuridão da montanha.

O rangido da madeira soava em seus ouvidos afetuosamente. O leve jogar da embarcação fazia o vinho em sua taça quase escorrer. Seus olhos se perdiam na dança do líquido escuro, levavam suas memórias para o tempo em que cruzava os céus de Breasal em companhia de seu pai. No tempo em que as galadrins eram um meio de transporte comum.

Dunk caminhava pelo convés verificando se as cordas estavam seguras, fazia apenas para se ocupar, um gesto mecânico, repetia essa operação inúmeras vezes ao longo do dia. Tomou mais um gole do vinho e sorriu ao retomar sua inútil tarefa. A última viagem que fizera estava distante e a próxima também iria demorar a acontecer.

Olhou para o enorme balão que sustentava a embarcação, trazia as cores do brasão de sua família. Azul e branco. Estavam desgastadas, é verdade, mas ainda estavam lá. Nos bons tempos, cores respeitadas e disputadas por nobres guerreiros para serem o meio de transporte seguro no retorno para casa.

Hoje não mais. Estavam gastas, quase desapareceram por completo, e era difícil identificar os delicados desenhos. Dunk tomou o resto do vinho com um gole só.

Suas reminiscências foram cortadas pelo grito de Suni, sua irmã. Ela estava na pequena estrutura de madeira, construída na encosta da montanha que funcionava como um porto para as voadoras galadrins. Suni acenava para que ele entrasse.

Lentamente Dunk atravessou toda a embarcação, certificou-se de que estava bem amarrada em grossos postes de madeira que entravam fundo na montanha e entrou na pequena casa que servia de depósito e escritório.

Suni estava em pé ao lado da mesa, levava uma expressão estranha no rosto. Parecia nervosa. Segurava a ponta de seu cabelo e o enrolava entre os dedos. Ele entrou alarmado, era difícil vê-la assim. Com os olhos ela indicou o outro lado da sala. Sentado em uma cadeira simples estava um humano. Seus cabelos cor de fogo estavam presos em duas tranças que desciam por seus ombros largos, a barba vermelha estava bem aparada. Seus traços do rosto eram fortes, como se tivessem sido talhados sem muita habilidade pelo tempo. Sua espada repousava ao lado, ao alcance da mão.

Sua irmã fez uma pequena reverência e os deixou.

Dunk olhou para os lados, desconfiado. Seu coração acelerou.

– Sou Vostak, filho de Gagnam e venho humildemente pedir vosso auxílio, senhor gnomo – o humano fez uma reverência antiga, fechando o punho sobre o lado direito do peito.

Dunk espantou-se com a fala de seu interlocutor, esperava as maneiras rudes dos homens do norte, de Golloch, porém Vostak falava com a polidez dos cavaleiros de Mentio.

– Sou Dunk, filho de Perth e é minha honra prestar meu auxílio a sua causa – disse Dunk segundo os costumes antigos e repetindo a reverência.

O humano aprovou as palavras do gnomo com um sorriso. Ele relaxou e acomodou-se na cadeira.

– Preciso de um meio de transporte rápido e seguro – Vostak olhou para o gnomo e encontrou orgulho em seus olhos. – Entendo que o senhor seja a pessoa certa.

– Garanto que não encontrará nada mais seguro do que minhas galadrins – não conteve o sorriso. – Considere seu problema resolvido.

– Seriam necessárias duas embarcações para a viagem que tenho em minha mente.

– Minha garantia continua valendo – sorriu Dunk.

– Mesmo que o destino seja Peneme? – o humano levantou uma de suas sobrancelhas.

Por em breve instante Dunk lembrou das estranhas histórias que cercavam a ilha de Peneme. Morada do enigmático mosteiro de Nafgun, onde seus monges vendem seu conhecimento e espalham a morte para aqueles que não honram suas dívidas. Com suas criaturas tenebrosas era um lugar que todos queriam distância. Incontáveis relatos falavam de viajantes que rumaram para lá e desapareceram, nunca mais foram vistos. Sua mente foi tomada pelos perigos que aquele nome desencadeava e o orgulho que seu pai tinha em dizer que fora e voltara daquela ilha maldita com as galadrins intactas.

Ponderou que seria uma viagem perigosa, mas que poderia trazer fama para suas galadrins, além de uma compensação interessante.

– Senhor humano, quando minha palavra é dita ela vale para qualquer destino – Dunk fez uma reverência. – E isto é um juramento.

– Bom, muito bom – Vostak assentiu com sua cabeça. – Então acertemos o valor e diga-me se existe alguma restrição quanto à carga.

– O pagamento é feito após a viagem e o preço o senhor me dirá – o gnomo sabia que esta era uma forma perigosa de se negociar, mas agora não poderia perder toda a pose que tinha feito, – quanto à sua carga, é negócio seu e não me diz respeito.

O humano se levantou e estendeu a mão para o gnomo. Com um aperto firme o negócio foi fechado e ficou acertado que no próximo dia, quando o Sol estivesse alto no céu, Vostak traria seus companheiros e a carga para as galadrins de Dunk. E então, seguiriam para Peneme.

*

*   *

O dia estava claro, de um céu azul e vento leve. Dunk sorriu. As condições perfeitas para iniciar uma viagem. Esfregou os olhos. Eles ardiam um pouco da noite mal dormida. Passara boa parte do tempo sentado à mesa, pesquisando nos velhos mapas, ponderando qual seria o melhor caminho a seguir. De fato chegar a Peneme não era complicado ou perigoso, o trecho que mais tirou seu sono era na própria ilha. Não existiam mapas ou mesmo textos sobre a geografia de Peneme. E o gnomo aguardava o destino preciso que seus passageiros queriam. Não gostava de viajar no escuro, sentia um mau pressentimento sobre aquilo, se fosse em outros tempos poderia exigir o destino final. Mas agora, tudo que podia fazer era agradecer Vostak por ter escolhido sua galadrin como transporte.

Tudo que Dunk sabia sobre a ilha vinha de um mapa desenhado sem muita habilidade. Com linhas hesitantes seu autor, Abmon, grande navegador, revelava que a ilha era tomada por uma floresta a oeste. Provável localização do mosteiro. E uma cadeia de montanhas na região central. Com uma galadrin era possível chegar a qualquer ponto da ilha sem ter que enfrentar seus perigos, pelo menos na teoria. Vostak parecia saber o que fazia e isso reconfortava Dunk.

O gnomo acenou para sua irmã, ela respondeu o gesto com um sorriso, as mãos estavam ocupadas com alguns cadernos. Suni estava animada com a possibilidade de fazer um mapa detalhado de Peneme. Um pergaminho que seria copiado por toda a Breasal, dizia ela com alegria. Mas Dunk não compartilhava da alegria da irmã, confiava plenamente nas habilidades dela para conduzir a galadrin em segurança, mas esta não era uma viagem como outras. Algo dizia ao gnomo que habilidades de navegação não seriam o suficiente para saírem bem desta aventura.

A atenção do gnomo foi tomada por uma enorme caixa de madeira que seguia pela estreita passagem entre a montanha que levava até sua casa. À frente seguia Vostak acompanhado de outro sujeito. Atrás, dois anões vinham bufando e tropeçando. Tentavam a todo o custo manter a desajeitada caixa em suas costas. Por último seguia um kuraq. Dunk tinha grande desprezo por este povo de pele arroxeada e olhos amarelos. Preguiçosos e aproveitadores, dizia seu pai e ele concordava.

Quando avistou o gnomo, o humano fez um caloroso gesto. Parecia existir uma empatia entre Vostak e o capitão da galadrin.

Depois que alcançaram a estreita plataforma de madeira que servia como caminho para as embarcações, os anões carregaram a caixa com surpreendente facilidade. E o grupo avançou com rapidez.

– Um esplendoroso dia para viajar – disse Vostak com satisfação. – Estes serão nossos companheiros. Embaixo de nossa carga estão Leohtan e Olfend – os dois anões colocaram a caixa no chão. – Ao meu lado está um bom amigo, Ahjnim – ele sorriu e mostrou suas gengivas negras. Ahjnim era um norethang – e por último apresento-lhe Nmer – o kuraq fez uma reverência.

– É um grande prazer conhecê-los – o gnomo se curvou. – Sou Dunk e esta é minha irmã, Suni. Nossos serviços estão à sua disposição.

Todos saudaram os capitães com uma reverência. Sem demora, Vostak dividiu seu grupo em dois. Ele e Ahjnim seguiriam com Dunk e a volumosa caixa. O restante viajaria com Suni. Os viajantes levavam pouca coisa, apenas armas e mochilas de viagem. Depois que a caixa foi colocada na galadrin e fixada com cordas, foi o tempo apenas de os passageiros subirem a bordo e Dunk soltou as amarras.

O gnomo sempre sentia grande prazer quando retirava as pesadas correntes das argolas de bronze. Uma nova viagem estava começando e o vento levava as surpresas e aventuras que depois seriam narradas para ouvintes atentos. O prender das amarras também era apreciado por Dunk. A viagem teria chegado ao seu fim e se as amarras estavam sendo presas é porque tudo tinha corrido bem.

No momento que não existia mais a resistência das correntes, as galadrins faziam um movimento brusco e depois deslizavam suavemente. Uma brisa agradável fazia o leme ficar leve, poderia ser um bom presságio. Assim que tinham uma distância segura da montanha, uma das últimas da grande Cordilheira das Vertigens, Dunk girou o leme e a embarcação mudou sua direção. Os passageiros quase não sentiram o movimento e o gnomo sorriu para si. Ainda não perdera sua habilidade. Seguiam em direção ao rio Ymered, no sul de Breasal.

Na noite anterior discutira com Suni durante o jantar qual seria a melhor rota a realizar até Peneme. Depois de considerarem algumas alternativas, ficou decidido que seguiriam o caminho do velho Ymered. Uma referência fácil de seguir e segura. Quando chegassem ao Mar, usariam seu conhecimento e a ajuda de instrumentos de navegação para chegar até a ilha.

A tarde passou preguiçosa assim como o vento. Por isso o primeiro dia não revelou um grande avanço. Vostak e seu companheiro passaram o dia sentados à pequena mesa colocada no convés. Dunk reparou que discutiam sobre alguns trechos de um grosso tomo de capa de couro surrada que o humano segurava com extremo cuidado. O gnomo não conseguiu ouvir nem uma palavra, porém era perceptível que algo preocupava seus passageiros.

Claro que o gnomo sabia estar diante de uma aventura perigosa e que seus passageiros estariam tratando de assuntos de que a maioria gostaria de estar longe. Mas o capitão não conseguia imaginar o que poderia ser. Nafgun era a aposta mais lógica, a caixa seria o pagamento. Era sabido que os monges de Nafgun vendiam seu conhecimento. Faça uma pergunta aos monges e eles lhe dirão o preço da resposta. Se puder pagá-lo, sua dúvida termina. Para perguntas difíceis, o pagamento exigido é quase impossível de ser alcançado. Os monges são gananciosos e por muitas vezes a resposta não é exatamente o que se espera. É preciso ser uma questão muito complicada e séria para se apelar aos monges de Nafgun. Ou o enorme desespero. Porém seu destino não era o monastério, seguiam para as montanhas e Dunk não sabia nada sobre elas.

A princípio Dunk não teve curiosidade para saber qual seria a razão que levava aqueles homens a atravessar o mar e desafiar o desconhecido. Porém é difícil se manter afastado quando se tem diante de seus olhos um enigma, uma aventura. Ele era um capitão, um viajante do mundo e a aventura estava impregnada em sua alma. Sabia que não devia se envolver com os assuntos dos passageiros, entretanto sua mente estava agitada. Passou a tarde olhando para aquela enorme caixa à sua frente. Recordou a longa conversa entre

Vostak e Ahjnim, entre sussurros e preocupações, o velho tomo. Aos poucos se enchendo de dúvidas e curiosidade, lentamente todas as razões para manter-se quieto eram refutadas e ele convencia-se de que era sua obrigação saber o que estava acontecendo ali. Afinal ele era o capitão daquela galadrin.

E se o conteúdo representasse um perigo?

Por duas vezes esteve a ponto de perguntar, exigir, saber do que tudo aquilo se tratava. Mas algo persistia, impedia-o de quebrar o código das galadrins. A incerteza era como onda do mar, surgia a todo tempo e agitava seus pensamentos, contudo ele permanecia quieto em seu posto. Os assuntos de seus passageiros eram particulares, a ele só cabia saber o destino e receber o pagamento. O resto não lhe dizia respeito.

A luz da lua transformou o Ymered em um lindo fio de prata que cortava a terra. A refeição foi feita ao ar livre, uma mesa farta era tradição para a primeira noite da viagem.

— O calor está forte — Vostak tomou um grande gole do vinho.

— São os ventos que vêm de Tatekoplan — Dunk serviu a carne, — nesta época do ano acontece. Por enquanto o único inconveniente é que teremos que beber mais — o gnomo sorriu e virou seu copo.

— E depois? — disse secamente Ahjnim.

Dunk parou de sorrir e deixou o copo sobre a mesa enquanto o norethang mirava bem em seus olhos. Ele não resistiu e teve que desviar o olhar para a carne intocada em seu prato. Aqueles olhos acinzentados eram perturbadores.

— Bem — o capitão olhou para Vostak que o tranqüilizou com sua expressão serena, — o forte calor causa chuvas nada agradáveis. Durante nossa história muitas de nossas cidades foram impiedosamente arrasadas pelas águas do deserto. Porém o calor está começando e as chuvas vão demorar a chegar — ele mastigou um pedaço da carne. Estava um pouco crua demais para seu gosto. — Nossa viagem não corre perigo.

— Tenho certeza de que estamos em boas mãos — o humano saudou seu capitão levantando seu copo.

– Na verdade falta apenas uma coisa para eu ter certeza de que nossa viagem terá êxito – Dunk percebeu que o norethang ergueu suas sobrancelhas em espanto. – Preciso saber qual será o nosso destino – Ahjnim perdeu o interesse na conversa e olhava para as estrelas, – iremos a Peneme, mas para levá-los até seu destino, preciso de uma localização mais exata.

– Que barbaridade – Vostak sorria, – que lapso de minha parte, perdoe-me, capitão. – O gnomo também sorriu. – Iremos até o litoral oeste da ilha. Existe uma grande encosta que surge do Grande Mar, é lá que precisamos chegar.

– Agora tenho certeza de que nossa viagem será perfeita – eles tocaram os copos para saudar essa idéia.

O silêncio chegou à mesa e permaneceu por todo o resto da noite. Foi assim que Vostak e Ahjnim foram deitar e Dunk começou a sua solitária rotina de dormir por um tempo, acordar para certificar-se da rota, dormir, acordar e dormir novamente até que finalmente o sol viesse lhe avisar de que deveria permanecer acordado até que a lua controlasse o céu novamente.

As galadrins não necessitam de tripulação, uma vez que a manutenção seja bem feita, podem ser conduzidas apenas pelo capitão. Porém raramente isto acontece. É um trabalho muito desgastante e no seu auge as galadrins eram pilotadas por trincas de capitães. No caso de Dunk e Suni, eles tentaram encontrar tripulantes para que as viagens não se tornassem tão desgastantes, mas hoje em dia é praticamente impossível encontrar alguém disposto a trabalhar em uma galadrin. Pouco dinheiro, poucas oportunidades e nada de glória.

Apesar do cansaço extremo e de dores por todo o corpo, Suni e Dunk sempre conseguiam, de alguma maneira, realizar suas viagens com segurança. Esta não estava sendo diferente. Tinham se passado três dias e tudo seguia conforme o esperado. As coisas só não eram mais agradáveis porque Ahjnim sempre estava de péssimo humor.

O calor se mantinha forte e a falta de banho deixava o ambiente terrível. Dunk apenas imaginava o que Suni estava passando na outra galadrin sozinha. Sempre que estes pensamentos chegavam, seu coração se apertava. Mas ela era uma gnoma forte e já tinha enfrentado muitas situações perigosas. Saberia lidar com esta sem grandes dificuldades. Ainda assim, seu irmão sempre buscava com os olhos o convés da galadrin que seguia um pouco mais atrás e só se acalmava quando distinguia a silhueta de sua irmã segurando o timão com firmeza.

Depois que passaram sobre a grande ilha que repousava nas entranhas de Ymered, Dunk percebeu que pequenos grupos apareciam nas margens do rio, sempre cobrindo os olhos para avistar o céu, para depois ficarem para trás. Como folhas secas levadas pelo vento.

O gnomo não deixou que sua mente se preocupasse com essas visitas, já que a partir da ilha deixariam a segurança da linha traçada pelo Ymered e teriam que seguir com a sua habilidade e senso de direção. O rio fazia uma grande volta antes de chegar ao Mar, o que poderia custar precisos dias de viagem. Por isso seguiriam em uma linha reta até a cidade de Gram.

Uma rota simples, porém a região era tomada por uma grande planície e não existia nenhum ponto para servir como referência. Dunk teria que usar seu asqnir, um antigo artefato usado pelos gnomos para navegação. Consistia em uma pequena placa de bronze com pequenos furos incrustados e através deles e das estrelas o viajante conseguiria se orientar.

A galadrin de Dunk assumiu a frente, ela iria liderar, já que o destino final fora revelado após o início da viagem. Desta maneira seguiram sem novidades ou surpresas, no quarto dia o gnomo sorriu orgulhoso quando diante de seus olhos, no horizonte, surgiu a cidade de Gram. Novamente pôde relaxar e apreciar a bela vista que se tinha. O azul denso do mar imperava, mas contrastava com as areias de Tatekoplan. Uma montanha solitária brotava do centro do deserto, seu pico nevado estava cercado por nuvens cor de chumbo e não existia dúvida de que uma forte chuva caía ali. Mas não preocupava Dunk, já estavam perto do mar e as chuvas seguiam para o interior do continente.

Então o gnomo teve uma surpresa, novamente avistou cavaleiros. Cruzavam o deserto com grande velocidade. O gnomo não compreendia o que se passava. A idéia de cavaleiros tentarem seguir uma galadrin era absurda.

– Uma idéia absurda, não? – o humano parou ao lado do gnomo que se surpreendeu por Vostak dizer exatamente o que ele pensava.

– Ainda assim, eles estão sempre lá – completou Dunk.

– É verdade – concordou com relutância agora virando para poder ver os cavaleiros. – Eu esperava encontrá-los antes do final da jornada. Mas garanto que eles não esperavam que estivéssemos viajando desta forma – sorriu com orgulho de sua astúcia.

– Entendo que não queira revelar seus motivos e não é minha intenção quebrar seu sigilo – o gnomo hesitou por um instante, – mas gostaria de saber se eles podem representar algum perigo para a viagem.

– Paladinos da ordem da Salamandra – Ahjnim apareceu, – já foram seguidores de Haure, mas hoje deixaram cegar-se por uma doutrina deturpada e errônea.

– Seja como for – disse um pouco constrangido Vostak, – não acredito que eles possam representar qualquer perigo para nossa jornada. Amanhã estaremos sobre o mar e não os veremos mais.

O humano sorriu e deixou o convés. Dunk gostaria de fazer mais perguntas, novamente a curiosidade o impelia a perguntar sobre a caixa e as razões de Vostak. Porém ter que fazer estas perguntas a Ahjnim afastava qualquer curiosidade. O norethang olhava com grande interesse para os cavaleiros. De suas vestimentas, vermelhas e azul-escuras, retirou uma luneta e durante longos momentos olhava através do artefato. Dunk observava tudo. De alguma maneira aquela figura prendia sua atenção.

– Estão revezando – ele apontou para os cavaleiros.

Mesmo a uma longa distância o gnomo pôde perceber que

um grupo de cavaleiros encontrava outro e agora essas novas figuras é que partiam em disparada atrás da galadrin. Dunk ficou impressionado. Era preciso um grande trabalho para ter grupos de cavaleiros organizados daquela maneira. Uma tarefa que demandava pessoas, dinheiro e poder. Involuntariamente olhou para a caixa de madeira e depois para a galadrin de Suni. Sua irmã estava como sempre no convés, a salvo, porém mais uma vez algo lhe dizia que aquela era um viagem perigosa.

Sem dizer mais nenhuma palavra, Ahjnim se retirou levando sua luneta. O norethang carregava um ar preocupado em seu rosto.

Dunk não viu mais serventia em ficar olhando para os novos cavaleiros e voltou suas atenções para suas tarefas como capitão da galadrin. Somente isso já era o suficiente para ocupar sua mente por muito tempo e deixar que caixas misteriosas, Peneme e a Ordem da Salamandra ficassem adormecidas em seus pensamentos. Infelizmente este não era um sono tão profundo quanto o gnomo gostaria que fosse.

*

* *

A cidade de Gram estava logo abaixo. O porto era o que mais chamava a atenção, porém era preciso reparar nos edifícios de pedra escura que compunham a cidade. Apesar do seu grande tamanho, Gram passou em um instante por sob os olhos dos viajantes. Era um dia de vento forte e as galadrins cortavam o céu velozmente. Não demorou para que a paisagem fosse tomada pelo azul denso do Grande Mar.

Por dias o cenário foi o mesmo. No começo era possível ver alguns barcos que ousavam enfrentar as águas nem sempre calmas do Grande Mar. Entretanto logo a monotonia tomou conta da paisagem, das conversas e do cotidiano. Foi uma estranha alegria quando finalmente a ilha de Peneme despontou no horizonte.

A encosta cinzenta se avolumava e Vostak se aproximava de seu destino. O humano como sempre estava sorridente e simpático, mas perambulava por toda a embarcação. Nos poucos momentos que se aquietava, tamborilava os dedos. Ahjnim tinha se isolado ainda mais naqueles últimos dias e agora raramente era visto fora de seu quarto. Nas duas últimas noites, o jantar aconteceu sem a presença do norethang. E foi precisamente quando Dunk e Vostak dividiam a última garrafa de vinho da noite que um vento surgiu do norte.

Veio sem aviso e com fúria. A galadrin jogou perigosamente e não tombou por mero detalhe. Dunk agiu mecanicamente. Correu para o timão e o prendeu com correntes já posicionadas para estas ocasiões. Assim que a última corrente foi presa a galadrin estabilizou. Ahjnim surgiu no convés.

– As velas – gritou o gnomo, – precisamos guardar as velas!

Imediatamente Vostak e o norethang correram para ajudar Dunk que tentava a todo o custo desatar as grossas cordas presas no mastro principal. Uma forte chuva começou a cair e o chão ficou escorregadio. O gnomo puxava as cordas, mas suas mãos não tinham a força necessária. Novamente a galadrin começou a balançar. Nuvens negras escureceram o dia e relâmpagos clareavam a escuridão. Vostak juntou-se aos esforços do gnomo, mas ainda assim as cordas encharcadas resistiam. O mastro começou a ranger, as velas enchiam-se com o sopro furioso da tempestade. A galadrin jogou bruscamente para um lado, Dunk e Vostak se agarraram ao mastro para não serem arremessados para fora. A embarcação jogou para o outro lado, o gnomo e o humano nada podiam fazer, soltar-se seria a morte. Apenas observavam enquanto a galadrin começava a virar novamente. E esta vez seria definitiva.

Eles já podiam ver o mar lá embaixo, os pés escorregando no chão molhado, Dunk procurava por Suni, mas a chuva tornava impossível ver qualquer coisa. De repente, um estrondo. A vela principal saiu voando. A embarcação estabilizou, Ahjnim sorria e mostrava uma adaga de lâmina avermelhada. Aos seus pés a corda rasgada. O vento batia forte, porém a galadrin não jogava mais. O pior passara. O único problema era que estavam sendo arrastados para longe de Peneme. Mas o perigo maior tinha passado.

O capitão agradeceu Ahjnim e orientou seus companheiros para que as amarras do grande balão, responsável pela sustentação da galadrin, fossem reforçadas e um novo jogo de velas fosse colocado. Eles trabalharam com eficiência e logo tudo estava seguro.

Dunk olhou com ansiedade, procurava sinais da outra galadrin. Mas tudo que conseguia ver eram nuvens, relâmpagos e chuva. Muita chuva. Não viu nenhum sinal e seu coração acelerou esperando o pior. Recusou-se a procurar no mar por destroços.

Foram momentos terríveis, e surpreendentemente longos, mas entre a luz forte de um relâmpago e outro, finalmente a galadrin apareceu. Estava sem as velas também, mas flutuava firme.

– Sua luneta – o gnomo estendeu a mão para o norethang, – por favor.

Para sua surpresa ele sentiu o frio do aço tocar seus dedos. Ahjnim se afastou sem dizer uma palavra. Dunk colocou o artefato sobre seu olho esquerdo, com cuidado moveu o aro dourado que controla a lente maior. Os contornos da imagem foram se fixando e ele percorreu todo o convés até que seu coração se acalmou.

Em pé, gesticulando ordens, estava Suni. Toda sua postura emanava confiança e coragem. Um desavisado não diria que ela tinha acabado de passar por uma terrível experiência. Dunk sorriu, reconheceu a expressão de impaciência dela que gritava ordens para seus companheiros de viagem.

O gnomo sentiu orgulho de sua irmã.

A tempestade foi amainando e logo tudo que restava de sua barulhenta passagem foi o triste céu cinza e uma inoportuna neblina. Depois de certificar que nenhum dano mais grave tinha acontecido à embarcação e estabelecer um vôo estável, Dunk preocupou-se em descobrir onde, em nome de Nakta, os ventos e relâmpagos os tinham levado.

Porém não foi preciso o gnomo pegar seus velhos mapas ou usar o asqnir. Nem mesmo usar a luneta de Ahjnim.

– Wuha! – foi a única palavra que Dunk disse diante da beleza que se revelou quando a neblina dissipou.

As costas prateadas de Peneme subiam alto das entranhas do mar. No topo o verde era intenso e escuro, uma vegetação de árvores e arbustos sarapintada por flores coloridas. Uma visão belíssima, era como se um deus tivesse pintado uma tela e ela tivesse se tornado real. O resultado era algo fascinante.

Do meio da rocha, o gnomo supôs que fossem rios subterrâneos, surgiam pequeninas cascatas. A força das quedas de água formava uma espuma branca que acompanhava toda a extensão da rocha em seu encontro com o Grande Mar. Enormes aves brancas voavam perto do grande penhasco.

Apesar de toda a beleza da natureza, o que mais chamou atenção de Dunk foi a antiga construção de pedras brancas que desafiava o ar. Era uma plataforma para galadrins. Ele nunca tinha visto nada parecido com aquilo no Continente, somente em antigas ilustrações que seu pai guardava. Uma grande cascata corria furiosamente ao lado da plataforma e a parede de pedra conduzia um vento rápido para a direita. Não seria um pouso fácil.

A galadrin comandada por sua irmã seria a primeira a aceitar o desafio e Suni conduzia com habilidade a embarcação. Fez um desvio à esquerda para escapar da força da cascata e se aproximar sem ter que lutar contra o vento. Dunk aprovou a manobra. Era o que ele teria feito. Depois de julgar estar a uma boa distância à esquerda, a galadrin começou a se aproximar da rocha. Uma leve turbulência estremeceu a embarcação, mas logo foi controlada. Tudo corria bem.

Tudo aconteceu muito rápido.

– Espere, você precisa avisar os...

O grito de alerta de Ahjnim foi em vão. Suni jamais o teria escutado. Quando Dunk compreendeu as palavras do norethang, o monstro atacou. Como as águas velozes que britavam da rocha, uma criatura que lembrava uma serpente marinha surgiu. Tudo que o gnomo pôde ver foi que o mostro tinha várias cabeças, nem mesmo seu número foi possível saber. Um ataque violento e preciso. A galadrin não teve a menor chance e caiu.

Tudo aconteceu muito rápido.

Dunk não conseguia acreditar no que tinha acontecido. Demorou a se aproximar da amurada e olhar para baixo. Pouco tinha restado da galadrin. Apenas o tecido que formava o balão e alguns pedaços de madeira permaneciam boiando por entre a espuma branca. O resto fora engolido pelas águas.

Mesmo com o auxilio da luneta, não era possível saber se alguém tinha sobrevivido. O gnomo sentiu a força deixar seu corpo, suas pernas fraquejaram. Ele sentiu uma forte dor quando seus joelhos se chocaram com a madeira do convés e lentamente seu corpo caiu. Procurava alguma resposta em sua mente, precisava pensar em algo, mas nada acontecia.

Ahjnim se aproximou e tentou dizer alguma coisa, mas o gnomo apenas percebia que seus lábios se mexiam, nada escutava. Tudo que ouvia era um silêncio perturbador. Como se alguém estivesse pressionando violentamente seus ouvidos. Vostak apareceu com um balde de madeira e jogou toda a água de seu interior sobre Dunk.

Ele sentiu como se alguém tivesse puxado sua alma com um gancho, como se sua pele não fosse capaz de segurar todo o resto e ele fosse explodir.

– Levante, gnomo – ordenou Vostak. – Não é o momento para se entregar. Reaja.

Dunk atacou o humano. Gritava palavras na língua de seus ancestrais. Chutes e socos. Vostak tentou se defender, mas contra tamanha fúria pouco era possível se fazer. Foi Ahjnim que conteve o gnomo.

O norethang o segurou pelos braços e o jogou para longe. O gnomo olhava com raiva para Vostak, bufava e seu rosto se contorcia. Ahjnim puxou sua adaga e nenhum deles duvidava de que fosse usá-la se assim fosse preciso. Lentamente a respiração de Dunk foi se acalmando, ele colocou as mãos sobre os joelhos e arfava. Murmurava palavras de desculpa. Vostak se aproximou, um fio de sangue escorria de sua boca.

– Amigo, guarde seus pedidos de desculpa para quando forem necessários – o humano limpou o sangue com as costas da mão, – por enquanto quem está em dívida sou eu.

O humano interrompeu suas palavras quando uma das grandes aves brancas pousou na amurada da galadrin. Dunk olhava com espanto para aquela criatura, seus companheiros não demonstravam nenhuma reação.

– Quais seus assuntos aqui em Peneme? – o elfo que montava o pássaro passou os olhos por toda a galadrin.

– Viemos pagar nosso tributo – Vostak olhou com firmeza para o elfo.

– Que seja – disse com desprezo. – Vocês agora podem passar.

A ave tomou um impulso e se jogou aos céus. Enquanto se distanciava a criatura entoou um cântico que soou triste.

– O que aconteceu? – a voz de Dunk era fraca.

– Este era um zarabatu, um dos vigias do Templo de Harnika – Ahjnim pegou a luneta do chão. – O canto de suas montarias são a única coisa que pode controlar os terríveis demônios que protegem o templo. Para se aproximar é preciso anunciar sua chegada e seus assuntos. Sem a permissão deles é impossível chegar a Peneme.

O gnomo sentiu novamente a ira se apoderar de seu corpo. Malditos! Por que não avisaram antes? Porém desta vez ele teve a força para se conter. Não adiantava procurar culpados, era preciso continuar. Ainda existia um juramento a ser honrando. Com um andar decidido Dunk seguiu para a ponte de comando. Em instantes a galadrin estava se movendo em direção à plataforma. Sua visão ficou embaçada pelas lágrimas, mas o gnomo executou a manobra com perfeição e, depois de dias viajando, a galadrin atracou.

Nenhuma palavra foi dita enquanto Vostak e Ahjnim levavam a grande caixa de madeira para fora da galadrin. Dunk viu um grande respeito nos olhos do humano, nada mais. Depois que estava sozinho, desceu da embarcação. Ficou em pé na beira da plataforma, o vento batia forte, quase o empurrando para trás. Olhava para o repetitivo movimento que as espumas realizavam. Por um instante sentiu vontade de deixar que os ventos o levassem, mas deixou que apenas a idéia seguisse os ventos.

*

*   *

O movimento suave da galadrin embalava o gnomo, bebeu o último gole de vinho. Tinha consumido uma garrafa inteira enquanto esperava que Vostak e Ahjnim resolvessem seus negócios no interior do Templo. Dunk tinha bons olhos, treinados para identificar pequenas alterações na imensidão do céu. Por isso não foi surpresa quando percebeu que uma pequenina mancha roxa tentava se segurar nas pedras lá embaixo, lutando contra as forças das águas que vinham da cascata.

Ele olhou para os lados, procurando alguém que pudesse dizer que era verdade, que seus olhos não estavam a lhe pregar uma peça. Mas ele estava sozinho. Sua única companhia eram os zarabatus que iam de um lado para o outro. Mas ali, tinha certeza que não teria nenhuma ajuda.

O tempo pareceu se arrastar enquanto ele esperava, caminhando rapidamente pela plataforma. Os olhos fixos na pequenina mancha que agora estava próxima de uma caverna. Pelo que Dunk tinha deduzido, a mancha tentava entrar na caverna.

Quando Vostak e Ahjnim chegaram, o gnomo em palavras apressadas explicou o que tinha visto. Gesticulava a todo tempo e apontava para a mancha escura que sabia ser uma caverna. Discretamente Ahjnim abaixou o braço do gnomo e olhou para os zarabatus.

– Aqui, todo o cuidado é pouco – disse o norethang enquanto dava sua luneta para o humano.

– Nmer, seu malandro – murmurou Vostak olhando pela luneta – ele está vivo, por Olwein, vivo – sorriu.

– Eu sabia – exclamou Dunk.

O gnomo correu para a galadrin. Não precisou esperar por seus companheiros, Ahjnim já estava soltando as amarras enquanto Vostak pegava uma pesada corda que estava jogada na plataforma. Dunk levou a embarcação em direção à cascata.

– E os demônios? – perguntou o capitão temendo o pior.

– Nosso tributo foi aceito – Ahjnim amarrava a corda no mastro da galadrin. – Enquanto não nos afastarmos muito da ilha, os zarabatus devem nos proteger.

– Um reconhecimento por nosso esforço em agradá-los – completou Vostak com ironia.

Independente da razão, o fato é que assim que se aproximaram da cascata, um zarabatu voou perto e sua montaria entoou novamente uma canção. Dunk estava preocupado em não deixar que a galadrin fosse engolida pelas águas e não percebeu o que Vostak e Ahjnim estavam fazendo. Só pôde ver quando o norethang subiu na amurada e pulou.

Vostak ficou olhando-o enquanto o companheiro ganhava velocidade em sua queda. Assim que ele atingiu a água e a corda esticou ao máximo, o humano começou a puxá-la. Durk travou o leme e correu para ver o que estava acontecendo. Chegou a tempo de ver o norethang abraçando o kuraq. Os dois começaram a amarrar a corda e assim que terminaram acenaram para Vostak. Ele puxou com força, mas nada aconteceu.

O gnomo percebeu que o humano preparava-se para descer.

– O que você está fazendo?

– Eles estão pedindo para que eu desça – sorriu o humano.

– Esta corda não vai segurar a galadrin se tivermos vento forte.

– Então vamos esperar que assim como os demônios o vento nos deixe em paz – ele sorriu e jogou-se da amurada.

Dunk correu e certificou-se de que o timão estava bem travado, pressionou levemente a parede logo atrás do timão e onde antes só se podia ver uma tábua de madeira lisa, uma porta abriu. Um compartimento secreto que só o gnomo sabia como abrir. Um mecanismo muito útil caso a galadrin fosse abordada por bandidos.

Ele sorriu ao segurar sua espada, jamais pensou que chegaria o dia que a usaria durante uma viagem.

Sentou-se na amurada e contemplou a grande distância que teria que cobrir. Não era nada encorajador. Passou a espada pela corda e segurou firme. Fechou os olhos e fez uma breve prece a Naktar. Deixou seu corpo cair.

Sentiu um forte puxão em seus braços e logo depois o impacto da água. Foi tudo que o capitão conseguiu absorver da loucura que acabara de fazer. Vostak e Ahjnim o ajudaram a subir nas pedras.

— Estão lá dentro — disse Nmer depois de saudar o gnomo.

— Quantos são? — Vostak levava duas espadas.

— Não sei, mas estaremos em desvantagem — o kuraq tinha um machado leve, — pode apostar.

— Você sabe lutar? — o norethang olhou para Dunk.

— Claro — disse o gnomo desembainhando sua espada.

— Bom — assentiu Ahjnim.

— O que aconteceu? — perguntou Dunk.

— Estávamos nos recuperando da queda quando eles nos atacaram — o kuraq baixou seus olhos. — Só tive tempo de fugir e me esconder. Levaram todos para aquela caverna — indicou um vão negro na rocha.

— Suni?

— Ela também foi levada.

Apesar da notícia o gnomo sorriu. Ela estava viva. Vostak assentiu para Ahjnim, o norethang seguiu com rapidez em direção à caverna. Dunk se preparava para fazer o mesmo, porém o humano segurou firme em seu ombro e o deteve.

— Nós vamos esperar.

— Por quê? — o gnomo olhava perplexo para Vostak — Preciso salvar minha irmã.

— Bem, temos que salvar nossos amigos e para isso, não adianta entrarmos como loucos, atacando tudo que vemos pela frente. Para vencermos precisamos saber quem é nosso inimigo

– o humano sentou-se em uma pedra. – Vamos esperar Ahjnim e descobri-lo.

Dunk queria argumentar, mas não podia enfrentar, seja quem fosse, sozinho. Por isso também se sentou e esperou.

*

*   *

Mesmo com o cair da noite as grandes aves brancas continuavam circundando. Por várias vezes passaram perto deles e Dunk esperava a qualquer momento que fossem retirar o encantamento sobre a serpente. Olhava para a queda de água esperando o momento que o enorme monstro surgiria e atacaria todos. Mas tudo permaneceu calmo até que Ahjnim finalmente retornou.

– O que me diz? – Vostak estava ansioso.

– Nossos amigos retornaram – o norethang tinha os olhos abatidos, – a Ordem da Salamandra está aqui. Sete cavaleiros guardam nossos camaradas.

– Realmente esta é uma surpresa – apesar das palavras, o humano não demonstrava preocupação.

– Por que eles fazem isso? – Dunk agitou-se, aquilo não parecia nada bom. – O que eles têm contra nós?

– Acho que não gostaram muito de termos roubado uma coisa deles – disse Nmer sorrindo.

– Vocês os roubaram? – o gnomo pulou de espanto.

– Roubar não seria a palavra correta – o humano censurou o kuraq com o olhar. – Na verdade fomos contratados pelo sacerdote de Harnika para reaver um objeto que foi roubado deste templo que vemos no alto da montanha. Não sabemos se foi a própria Ordem que o roubou, mas o fato é que o objeto estava em posse deles.

– Não importa o que aconteceu, o que importa é que nossos camaradas estão lá e precisamos salvá-los.

– Ahjnim, está certo – Vostak se levantou. – Vamos salvar nossos amigos.

O grupo seguiu com dificuldade pelas pedras escorregadias, a lua se escondia atrás de densas nuvens e era quase impossível ver alguma coisa.

– A caverna é apenas uma passagem pela montanha que leva a um vale do outro lado – explicou Ahjnim.

O barulho da água fazia com que fosse difícil escutar os próprios pensamentos, logo após o seu início a passagem se elevava fazendo a água correr com mais força. Um córrego dividia o chão em dois lados. Não foi uma travessia fácil, a ausência de luz complicou o trajeto que se revelou longo. Dunk tropeçou e caiu, ralando o braço e soltando uma praga que ecoou no silêncio. Nmer ajudou o gnomo a se levantar, o kuraq sentia-se mais à vontade na escuridão do que os outros.

O vale estendia-se à frente deles. O córrego alargava-se e ao longo do vale se transformava em um rio largo e de águas calmas. Grandes árvores cobriam o solo. Um fraco ponto de luz à distância tremulava entre os troncos. Dunk pensou que seria fácil encontrá-los, bastava seguir a luz.

– Aquela luz é um engodo – todos se reuniram para ouvir Ahjnim, – uma armadilha, nossos camaradas estão realmente ali – o norethang apontou para outra direção. – Dois cavaleiros estão de guarda e o restante espera que nós sejamos tolos o suficiente para sermos atraídos pelo fogo.

As bochechas do gnomo coraram, mas a noite cobriu sua vergonha.

– A situação é boa para nós – Vostak parecia animado. – Se fizermos tudo com eficiência e discrição, poderemos sair daqui logo. Nmer e eu cuidaremos dos guardas, Dunk e Ahjnim tirem nossos amigos daqui.

O humano e o kuraq sumiram na escuridão, já levavam as armas em punho. Ahjnim conduziu o gnomo por entre as árvores. Não progrediram muito e de repente o norethang parou. Com as mãos sinalizou para que Dunk se abaixasse e permaneceram ali.

O silêncio era profundo e inconscientemente o gnomo tentava não respirar. Suas mãos suavam. Tentava escutar alguma coisa, algum indício de que tudo corria bem. Ficou imaginando como saberiam que era o momento de agir. Não poderiam se comunicar, com certeza isto chamaria a atenção dos outros. Entretanto decidiu que era melhor não perguntar.

Um pedaço de pergaminho pousou no solo. O gnomo teve que olhar duas vezes para acreditar em seus olhos. O pergaminho estava cuidadosamente dobrado na forma de um pássaro. Era impressionante a semelhança que aquela miniatura tinha com a ave.

O gnomo teve que correr para acompanhar o ritmo de Ahjnim. Desviou de um grande carvalho e na sua frente surgiu um dos cavaleiros. Morto, a garganta rasgada, o sangue formava uma poça escura e os olhos vazios miravam o céu. No peito levava um símbolo, uma salamandra formava um círculo, em seu interior estava o sol e a lua de Haure. Dunk seguiu em frente, queria desesperadamente encontrar sua irmã.

A lua saiu de seu esconderijo e então o capitão viu o rosto de Suni, seus olhos verdes e o cabelo preto. Estava deitada no chão, os braços amarrados nas costas. Dunk se aproximou correndo e a abraçou. Sentiu uma onda de calor invadir sua alma e o coração acelerou. Com sua espada cortou as cordas.

– Você está bem? – o gnomo esqueceu qualquer discrição.

– Estou – disse com dificuldade Suni.

– Vamos embora, agora – ordenou Ahjnim.

O norethang já tinha libertado os dois anões. Começaram a correr por entre as árvores e finalmente gritos ecoaram no vale. Dunk não sabia dizer se eram dos cavaleiros ou de seus amigos. Só tinha a certeza de que representavam perigo, por isso apressou o passo.

Ahjnim, os anões e Suni sumiram na escuridão da passagem. Dunk estava prestes a entrar quando sentiu um forte puxão em seu ombro. Ele virou e ficou de frente para um cavaleiro e não viu mais nada. Apenas reagiu ao ataque e conseguiu defender o golpe do inimigo. O cavaleiro atacou novamente, a lâmina de seu machado passando muito perto do braço do gnomo. Dunk pulava para os lados, esquivando-se com habilidade.

O capitão olhava fixamente para o inimigo e podia ver uma certa surpresa, algo comum em suas lutas. Sempre podia contar com a vantagem de ser subestimado. As lâminas cantavam cada vez que colidiam e o combate seguia equilibrado. Dunk arriscou um ataque, uma estocada firme, o cavaleiro repeliu o golpe com o cabo do machado e desceu a lâmina impiedosamente no braço do gnomo. Graças à sua rapidez o capitão ganhou apenas um corte profundo ao invés de ter o braço decepado. O problema é que o ferimento era no braço que empunhava a espada. O cavaleiro sorriu e se encheu de confiança.

Atacou com violência, calculava que com o braço ferido daquela maneira o gnomo não poderia resistir por muito mais tempo. Dunk sentia uma dor tremenda a cada golpe, achava que seu braço seria arrancado do resto do corpo. Mas estava calmo, mantinha a mente atenta para o primeiro erro que o cavaleiro cometesse. E tinha certeza de que ele iria cometer. De repente o capitão viu que seu adversário colocou o pé esquerdo para frente, claramente indicando de que direção o golpe viria. O erro aconteceu.

Com agilidade o gnomo deu um passo para trás e a lâmina passou muito perto de seu ombro. A mão direita jogou a espada para a esquerda que a pegou com perfeição. A estocada foi precisa. Com o pulmão perfurado o cavaleiro caiu de joelhos. O sangue já escorria de sua boca.

– Não imaginou que eu fosse ambidestro, não é, seu maldito! – O gnomo deu as costas para o cavaleiro agonizante.

Enquanto seguia em direção à passagem tentava amarrar um pedaço da roupa no ferimento. O sangue fluiu com gosto pelo corte. Estava orgulhoso do seu desempenho. Enquanto corria ao lado do córrego pensava em Suni, mas também pensava em como poderia contar essa história para seus companheiros de viagem sem parecer prepotente. Alguma desculpa para introduzir o assunto em uma conversa. Quando chegou do outro lado e viu o Grande Mar, estava convencido de que não importava. Iria contar de qualquer jeito. Eles que pensassem o que bem entendessem.

O sol já estava despontando no horizonte quando o capitão pôde finalmente abraçar sua irmã. Dunk segurou-a pelos ombros e olhou profundamente em seus olhos, Suni apenas assentiu positivamente com a cabeça. O capitão respirou aliviado, estava tudo bem.

Enquanto Suni fazia um curativo em seu ferimento, Dunk pôde ver que Ahjnim já estava subindo pela corda em direção à galadrin e antes que ele pudesse pensar em como fariam para subir, os anões indicaram para os gnomos que eles deveriam subir em suas costas. O capitão já tinha visto o suficiente daqueles viajantes para confiar no que lhe diziam, por isso subiu nas costas de Leohtan e Suni nas de Olfend.

Sem demonstrar nenhuma dificuldade, os anões subiram pela corda usando seus braços e pernas e levando os gnomos nas costas como sacos de arroz. Foi uma subida lenta, mas sem surpresas. Quando estavam na metade do caminho, Dunk olhou por sobre o ombro e viu Vostak e Nmer iniciando a jornada de volta. Vinham com as armas manchadas de sangue, mas inteiros.

O capitão olhou para o enorme balão que sustentava a embarcação. As cores, embora desgastadas, ainda estavam lá. Cores respeitadas, disputadas pelos maiores guerreiros como um meio de transporte seguro para se viajar. Sorriu orgulhoso de mais uma vez ter feito uma viagem segura, pois agora tinha certeza de que tudo acabaria bem. Logo estariam em casa.

A vela estava quase se apagando e mal iluminava o quarto com suas paredes de pedra; a ampla janela não ajudava, pois há muito o sol tinha terminado sua jornada no céu. Uma leve brisa bateu quando um jovem noviço entrou pela pesada porta de madeira. Tinha o cabelo vermelho preso em uma longa trança que descia pelas costas, uma tradição nos iniciados da deusa Olwein. Na mão direita trazia uma nova vela, na esquerda uma garrafa de vinho. Colocou os objetos na pequena mesa entre as duas poltronas e deixou os anciões a sós.

– Experimente este vinho, Estus – disse Raw para mim. – O melhor que a deusa Olwein nos permite produzir.

– Veremos – tomei a taça de sua mão e senti o aroma do vinho, – talvez seja o último que eu tome por um bom tempo – mostrei o cachimbo pedindo permissão para acendê-lo.

Raw enchia a segunda taça de prata e sorria do meu pessimismo, há muito nos conhecíamos, era um bom amigo. Usei a chama titubiante para acender meu longo cachimbo, gosto de usá-lo somente em boas conversas.

– Em que aventura os Basiliscos vão arrastá-lo desta vez?

– Vamos até Alenmar – expeli a fumaça densa, – malditos barcos. O que me conforta é que poderei ver as Bestas de Wyen novamente.

– Ah, sim – Raw bebeu um gole de vinho. – São maravilhosas, não? Você conhece a lenda?

Diante da minha negativa, Raw bebeu todo o vinho, ajeitou-se na cadeira e começou a narrar os tristes acontecimentos que estão por trás das magníficas Bestas de Wyen.

*

* *

A pena deslizava sem grandes dificuldades pelo pergaminho formando linhas precisas que logo seriam paredes de madeira, a moradia de uma família. A luz entrava suavemente pelas janelas amplas espalhadas em todas as paredes, uma varanda avançava no vazio, ficando suspensa no ar e desafiando o desenho irregular da montanha. A vista para a baía era estupenda. Sem dúvida era uma casa agradável para se viver. Mas ele sempre dizia que era por causa da natureza e não de suas habilidades.

Toda sua atenção estava voltada para o projeto sobre a sua mesa, a casa de um rico comerciante da cidade. O vento soprava leve e o grito das aves marítimas era apenas mais um dos inúmeros sons que faziam parte de seu cotidiano. Sua mulher cozinhando, sua filha brincando no quarto e o mar batendo contra a rocha nua. Sentia-se feliz quando chegava em casa, sentava-se à escrivaninha e ficava com a música de sua casa e as linhas escuras de seus desenhos.

Uma névoa cobria as águas claras da baía, ele vivia a tempo suficiente ali para saber o que isso indicava. Chuvas ao final do dia. O vento bateu forte e o cheiro de sal invadiu seu escritório, limpando suas narinas e enchendo o pulmão. Ele fechou os olhos e aproveitou o momento. A brisa batendo em seu rosto, mexendo levemente seus cabelos. Abriu lentamente os olhos e então elas apareceram. Velas pardas. Três delas. Não demorou para que as embarcações se revelassem por completo.

Ele conhecia um pouco sobre a construção de navios, não era sua especialidade, mas em uma cidade litorânea você acaba conhecendo tais assuntos. Eram mais delgadas que as embarcações de comércio e já era possível ver as portinholas que guardam os canhões. Não levavam brasão. Piratas. Na última vez que a vila sofreu um ataque ele ainda era pequeno, porém as histórias que seu pai contava estavam vivas em sua memória. Cheias de sangue e morte, elas eram inesquecíveis para ele.

Os navios vinham impulsionados pelo vento que agora batia forte, logo estariam ali, a apenas alguns passos de sua varanda. Estava paralizado, sabia que precisava fazer alguma coisa, precisava agir, mas não conseguia desviar o olhar. De repente surgiram as trompas. Altas, ecoando por toda a baía, e sabe-se lá até onde. Dizem que são feitas com os ossos de suas vítimas. Um som estridente que agride os ouvidos e faz seu coração bater mais forte.

Levantou-se nervoso e derrubou o pote de tinta preta que escorreu por cima de seu desenho. Sua primeira reação foi de pegar sua mulher e filha. Queria-as por perto. Queria ter certeza de que elas estavam bem. Puxou-as pelas mãos e saiu da casa.

– O que está acontecendo? – sua mulher tentava pará-lo. – Aonde estamos indo?

– Piratas – foi sua resposta seca.

Ela também conhecia o perigo que estes assassinos representavam. Todos em Soret conheciam esse perigo.

Desceram pela pequena colina até a estrada de terra batida. A vila não era longe. O som das trompas vinha com eles e era como se uma onda de terror fosse rapidamente envolvendo tudo em seu caminho.

Nas primeiras propriedades, portas e janelas eram travadas com pregos e tábuas, alguns corriam para enterrar suas riquezas sob a terra na ínfima esperança de que os piratas não levassem seu ouro.

Aos poucos outros foram se juntando a eles. Velhos, mulheres e crianças. Lavradores, pescadores e comerciantes. Nenhum soldado ou guerreiro. Olhos aterrorizados, clamando aos céus por proteção. Quando alcançaram o centro da vila já eram acompanhados por mais de quarenta pessoas. Ele segurava forte a mão de sua filha. Ao longo de todo o caminho ficava pensando em como ela era frágil diante de tudo aquilo. Repetia para si que o mais importante era que ao final ela estivesse viva.

Nos degraus da igreja da deusa Nakta estava Kultnor, chefe da vila de Serot, que tentava aos berros acalmar as pessoas que gritavam e clamavam aos céus por misericórdia. A cada momento mais pessoas se reuniam no local. Ele sentiu um certo asco diante daquela situação; ninguém tomava uma atitude, ficavam passivos diante do terror. Mas o que realmente o incomodava é que ele estava ali, da mesma maneira que os outros sendo levado pelos acontecimentos. Sem reação. Tudo que conseguia fazer era temer pelo bem de sua filha. Ao lado de Kultnor estava Mornav, a sacerdotisa consolava uma anciã. Aos poucos os nervos foram se acalmando, as pessoas se juntavam em pequenos grupos e Kultnor finalmente conseguiu proferir algumas palavras.

Foram palavras de consolo, mas nenhuma tentativa de organização ou mesmo mínima ordem. Novamente um gosto amargo subiu por sua garganta, sua filha chorava. Não por medo dos piratas, ameaça que ela não compreendia, mas pela comoção que os cercava. Os olhos dele se encheram de lágrimas, pois eles ficariam ali, simplesmente esperando o ataque e derramamento de sangue. Ele não iria permitir isso.

– Por Nakta! Não podemos permanecer assim! – ele se aproximou de Kultnor. – Não podemos ficar aqui esperando que eles venham para nos roubar e matar.

Muitos gritaram em aprovação a suas palavras.

– E o que você quer que nós façamos, Vortha? – Kultnor olhou com desprezo para o desenhista. – Não somos guerreiros. Somos uma vila pacata de pescadores e comerciantes. O que podemos nós fazer contra tamanha ira e violência?

Ele se calou. Não sabia o que dizer. Estava certo de que era preciso fazer alguma coisa, mas não sabia que ação tomar. Seu silêncio foi a deixa para Kultnor aproveitar para se vangloriar.

– Lutar? – perguntou com escárnio. – Espera que peguemos armas e lutemos? É absurdo. Vamos fazer o que nossos ancestrais fizeram, o que sempre fizemos. Ficaremos em segurança e rezaremos para Nakta para que eles venham, peguem o que desejam e depois nos deixem em paz – o chefe subiu mais alguns degraus, – que eles nos deixem vivos!

As últimas palavras foram bem usadas e causaram o efeito certo em pessoas desesperadas. Elas aplaudiram e bradaram vivas para Kultnor.

Mornav gentilmente começou a direcionar as pessoas para o

interior da igreja e lentamente, como cordeiros, elas foram passando pela ampla porta. A extremidade da porta era adornada com pequenas esculturas de madeira colocadas pelos pescadores que voltavam em segurança depois de uma jornada no mar.

Vortha baixou a cabeça, pegou sua filha e sua mulher pelas mãos e entrou na fila que começava a se formar nos degraus de pedra fria. Esconder e sobreviver. A única vez que os Norethang pegavam em armas, e o faziam com gosto, era nas grandes guerras contra os Gorycs. Sempre que os dois reinos se confrontavam muitas vidas eram perdidas tamanha era a ira que tomava conta dos povos. Os exércitos acabavam com enormes contingentes de voluntários.

Há muito os piratas estavam conscientes de que naquela região não encontravam resistência. Os barcos, tripulados em sua maioria por kuraqs, o outro povo que habita a ilha de Alenmar, costumavam aparecer quando acontecia uma mudança na rotina da ilha, fosse uma guerra ou causa natural. Desta vez era um inverno rigoroso no norte, as plantações kuraqs sofriam severamente e a solução encontrada por eles era vir para o sul e pegar o que precisavam nas pacíficas vilas do povo Norethang.

Vortha passou pela porta segurando firme a mão de sua filha. O som alto da trompa indicava que os piratas estavam perto. A fumaça negra manchava o horizonte. Um frio correu por sua espinha, estavam destruindo as fazendas. Isto não era um saque, era um ataque. Ele tentou protestar, avisar o que estava se passando, mas o som das trompas invadiu novamente o ar e o pânico tomou conta de todos. Era inútil, resignou-se e foi levado pela multidão que corria para o interior da igreja.

O interior era escuro e úmido, as poucas janelas não venciam a solidez da pedra. Vortha tentou argumentar com Lupeziri, o construtor responsável pela igreja, mas suas palavras foram ignoradas. As poucas janelas que existiam, eram de vidro colorido, mosaicos representando imagens da deusa. A igreja era quente, úmida e sufocante. Este ambiente acalmava as pessoas, adormecia os sentidos, e depois que todos entraram, o silêncio imperou. O muxoxo baixo e a respiração alterada era tudo que podia se ouvir.

Por um breve momento as trompas cessaram. Os pesados passos no cascalho se aproximavam. Era inevitável tentar segurar a respiração. A espectativa remexia o estômago e a mente repetia as palavras "Vão embora. Pelo amor da deusa, vão embora!".

Um estrondo.

Novamente o estrondo, as janelas eram bloqueadas por pesadas tábuas. Os martelos de metal batiam nas paredes de madeira cravando cunhas de ferro. O chão estava repleto de estilhaços das janelas. A igreja ia sendo tomada pela escuridão e a esperança deixava aquele lugar. Os candelabros foram acesos. Os rostos iluminados pela luz bruxuleante das velas eram como espectros torturados, vazios.

Os sons das tábuas sendo pregadas nas janelas se juntavam ao canto cristalino das trompas. O choro se juntava àquela terrível música, mulheres e crianças salpicavam o solo sagrado com suas lágrimas. Mesmo alguns homens tinham seus olhos marejados. Somente quem não esteve em uma situação parecida pode duvidar da coragem destes homens.

Mesmo com seu coração caindo em profunda amargura, Vortha deixou a filha com a mãe e foi procurar Mornav. Ele acreditava que a sacerdotisa tinha o bom senso necessário para compreender o que se passava ali. Encontrou-a sentada em um banco de madeira, afastada das pessoas que inconscientemente se acomodavam longe da porta. Como se a porta fosse o perigo.

Ele sentou-se no chão de pedra e olhou para o rosto da sacerdotisa. Um fio de lágrimas escorria do olho esquerdo até a ponta do queixo.

– Minha boa deusa, o que acontecerá conosco? – Mornav virou seus olhos para Vortha.

– Você também percebeu a fumaça negra? – a sacerdotisa concordou com um aceno de cabeça. – Então sabe que precisamos fazer alguma coisa. Desta vez não podemos nos esconder no escuro e esperar.

– O que você sugere? – o barulho alto da porta sendo travada assustou Mornav. – Também não aprecio os modos de Kultnar, mas suas palavras estavam corretas. Desde os primórdios de nossa comunidade foi assim que agimos – ela limpou as lágrimas de sua face. – Sobrevivemos. Estamos vivos até hoje.

– Isto é loucura! – seu grito atraiu a atenção de vários olhares. – Eles vão nos matar.

As trompas silenciaram e a última tábua foi colocada. Era como se fechar os olhos diante do perigo fizesse com que o perigo desaparecesse. Mas a verdade é que ele permanecia lá, encoberto pela ignorância e medo.

- Você vai arriscar sua vida contra assassinos? – Mornav levantou-se e agora se dirigia a todos. – E quando sua habilidade com a espada se mostrar insuficiente e seu estômago for atravessado por uma lâmina fria, o que será de sua família? Sua filha crescerá sem pai? – as mãos davam ênfase às palavras. – A deusa sempre nos protegeu. E hoje não será diferente. Nakta irá olhar por nós. Temos que ter fé.

Vortha virou para seus companheiros, muitos acenavam afirmativamente com a cabeça às palavras da sacerdotisa. Kultnar estava abraçado com sua mulher em um canto, não fazia nenhuma menção de reagir. Olhou para sua mulher e sua filha e seu sangue gelou. As palavras engataram em sua garganta, sentiu o medo em toda a sua plenitude. Em silêncio voltou para sua família e abraçou-as com força.

As trompas voltaram a cantar, e ainda assim era possível sentir o silêncio no interior da igreja. Era como se o ar pudesse ser tocado e pesasse sobre a cabeça de todos. Lentamente as pessoas foram se aproximando, sentadas no chão frio elas se abraçavam e buscavam conforto entre os seus. Mornav iniciou um canto que falava das tristezas que precisamos superar.

No silêncio das trompas vieram os gritos. Maldições e ofensas eram bradadas contra os moradores. Os invasores falavam com escárnio das casas que tinham saqueado, das pessoas que encontraram e foram mortas. Não adiantava tapar os ouvidos com as mãos, as palavras escorriam por entre os dedos e chegavam à sua mente. Era a crueldade em seu estado bruto.

Em outras ocasiões aquilo seria tudo. Os piratas gritariam suas maldades, maltratariam o povo como poderiam. Sem se dar ao trabalho de tentar fazer algo contra as pessoas no interior da construção. Porém desta vez, como Vortha alertara, era diferente. Eles voltaram suas atenções para a igreja. O som surdo do metal contra madeira começou a retumbar no interior da construção. As tábuas se tornaram a única barreira que separava os indefesos moradores dos assassinos. Crianças gritaram e mulheres se entregaram ao desespero das lágrimas.

A grande porta se mexeu, um poderoso estrondo fez uma grande nuvem de poeira se formar. Gargalhadas ecoavam no exterior, acompanhadas de frases como "Olá senhoras, logo estaremos com vocês", "Se preparem que estou chegando". E todos sabiam que seria uma questão de tempo até isso ser a verdade. Vortha tinha agüentado o suficiente. Correu até um dos bancos e tentou sozinho levantá-lo. Mas a peça de madeira sólida era pesada demais para ser carregada por apenas um norethang. Ainda assim ele tentou mais uma vez, a qualquer custo, arrastar o móvel. Rapidamente outros se juntaram ao seu esforço, Kultnar era um deles, e o banco foi colocado diante da porta.

– Temos que bloquear a porta – gritou Vortha. – Temos que resistir!

Gritos de júbilo anunciaram que uma das janelas tinha sido aberta. A tábua superior foi estilhaçada por espadas. O rosto de um kuraq surgiu pelo espaço aberto e ele anunciou que a morte estava chegando.

– Norethangs, aqui! – Mornav estava ao lado de um alçapão aberto, no seu interior lanças. – Mandem os cumprimentos de Naktar para os invasores.

Vortha correu em direção à sacerdotisa e pegou uma das armas de madeira negra cobertas com uma malha de prata que seguia por todo o cabo até a lâmina fina. Eram de uma beleza rara e delicada. Acompanhado de mais dois homens, Vortha se posicionou na janela e a lâmina iniciou o seu trabalho. Manchas de sangue kuraq se juntaram às runas que adornavam a arma.

— Por Naktar, matem os desgraçados! – bradou Vortha.

E assim aconteceu, toda vez que uma das defesas era superada, homens com lanças a defendiam e por um momento todos imaginaram que isso poderia funcionar. Que eles estariam a salvo do ataque. Mas então os ataques pararam e tudo ficou quieto.

— Deixem que se escondam – uma voz poderosa soou. – Não precisamos nos esforçar para matar estes desgraçados imundos – alguns deixaram um sorriso surgir em seus lábios. Estavam salvos. – Queimem tudo!

As palavras foram seguidas por uma risada que iria assombrar o sono de todos por muito tempo. As únicas coisas que Vortha lembra depois daquela terrível risada foram a fumaça, o desespero e a dor.

*

*   *

A janela estava aberta e a vista para a baía ainda estava lá. O sol fornecendo a iluminação perfeita. A brisa entrava suave, branda, parecia que fazia questão de não desarrumar os pergaminhos sobre a mesa. Mas a pena repousava e os pergaminhos há muito estavam intocados. Desde a morte de sua filha no incêndio, Vortha jamais voltou a desenhar. Todo o seu tempo e a sua vontade estavam empenhados em encontrar o assassino de sua menina e saciar seu desejo de vingança. Ele acreditava que matando o pirata, ele mataria a dor. O que Vortha não sabia é que a dor é algo que não se pode matar.

Wyen, sua mulher, suportava com firmeza tudo. Seu marido não tinha percebido que a dor também era dela, que ela também tinha perdido uma boa porção da sua vida. Ao contrário de Vortha ela acreditava que ainda existia muito para se viver. Ele era a principal razão para essa esperança de Wyen. Na solidão que Vortha impunha a ela, em sua insana procura por vingança, ela encontrava em si a força para permanecer ao lado do amor de sua vida. Persistia no erro, o qual ela estava plenamente ciente, pois ela acreditava que Vortha nunca iria desistir. As coisas simples, a rotina da casa, era o que a impediam de se jogar do penhasco a poucos passos dali. E essa idéia, cada vez com mais frequência passava em sua mente.

A porta bateu violentamente contra a parede quando Vortha passou por ela como um tufão. Ele voltava do cemitério, de sua visita diária ao túmulo de Lilinieth. Passou sem dizer uma palavra, sem mesmo olhar para sua mulher, e pegou sua espada. Agora ele possuía muitas armas. Wyen foi até a janela e viu que por entre a leve neblina a vela de um barco despontava na entrada da baía.

Desde o incidente, como muitos preferiam chamar, os ataques eram constantes. Viajantes que passavam pela vila diziam que eles estavam acontecendo por toda a costa. O que se acreditava era que os Kuraqs, depois de muito tempo apenas assistindo, tinham decidido entrar na disputa pela supremacia de Alenmar. Mas em três anos, eles vinham, saqueavam, destruíam e desapareciam como orvalho sob sol forte.

Para Wyen, se algum dia Vortha se incomodasse em perguntar, tudo era besteira. O que eles estavam presenciando era o curso natural das coisas. Qualquer ser sempre está insatisfeito. Sempre está querendo mais. Fomos todos criados assim. Agora não bastava pegar o que quisessem, era preciso mostrar quem estava no comando. Era tudo uma questão de poder.

Ela só escutou o barulho da porta fechando. Vortha tinha saído para defender a vila. E era preciso admitir que o pai de Lilinieth estava se saindo razoavelmente bem. A cada ataque sua eficiência aumentava. Talvez, o dia em que não seria mais preciso fugir e se esconder quando um barco surgisse no horizonte, não estivesse tão longe de acontecer. Ainda era preciso correr para a igreja de Naktar, agora construída em pedra, grades nos vidros e pesadas travas de ferro na porta. Mas a grande novidade é que agora existiam galerias subterrâneas, protegidas pela terra, imunes ao fogo. O último projeto de Vortha.

Os métodos de defesa estavam longe dos convencionais. A vingança não tinha conseguido sufocar seu raciocínio e, ao contrário de muitos, ele usava sua inteligência ao invés da força. Evidente que isto não impedia que algumas vezes sua lâmina voltasse para casa suja de sangue.

Desta vez seu plano consistia em algo simples, um custo alto para a vila, mas que era pouco a se pagar por suas vidas. Vortha tinha ordenado, sua influência junto ao povo tinha aumentado muito depois da morte de Kultnar, que os barris com as melhores bebidas da vila fossem deixados à vista. Que os "tesouros", como chamava o velho Kratby, estivessem a apenas alguns passos dos piratas.

Tudo aconteceu como sempre. As pessoas correram para a igreja e os piratas como uma furiosa onda tomando tudo que podiam. Principalmente os barris com bebida. Quando chegaram à igreja, a construção mais afastada do mar, estavam tão bêbados que mal conseguiram gritar maldições ou ameaças. Voltaram para seu navio carregando jóias, prata e os valiosos barris para desgosto profundo de Kratby que os xingava pela janela.

Vortha seguiu com seus guerreiros, uma dúzia de jovens fazendeiros, até a baía. Encontraram uma reentrância da rocha e ali permaneceram. A noite os encontrou no mesmo local, olhos atentos. Esperaram até terem certeza de que o perigo estava ausente, dormindo abraçado com a bebida recém conquistada. Vortha e Thisgo, filho de Kratby, seguiram em um pequeno barco. Os remos se moviam lentamente e a embarcação deslizava sem dificuldade pelas águas calmas. Não tinham pressa, a confiança adquirida com as últimas vitórias era algo novo, mas que fazia bem a todos eles.

Assim que chegaram perto da embarcação, Vortha voltou-se para o resto de seus companheiros na margem. O movimento de sua mão no alto da cabeça foi o suficiente para que os arcos fossem empunhados e as flechas com penas verdes fossem posicionadas nas cordas.

Com rara habilidade Thisgo mantinha o pequeno barco próximo do casco de madeira escura dos piratas. Vortha buscou por suas ferramentas, martelo e cinzel. O primeiro golpe tirou uma boa lasca do casco. Iniciou o trabalho acima da linha d'água, fazendo um buraco grande o suficiente para uma criança atravessar. Pacientemente foi descendo até que o mar começou a fluir para dentro do barco. O desenhista estudou a fundo sobre embarcações, pesquisou projetos de construção e chegou até a ir a uma cidade próxima conversar com construtores de barcos para compreender sua estrutura e descobrir o ponto fraco. Tudo que ele precisava era fazer a água entrar pelos pontos exatos e não precisavam ser buracos grandes, do resto, a força do mar se encarregaria.

Com um leve tapa no ombro, Thisgo moveu os remos e eles avançaram um pouco mais se aproximando do centro do navio. Novamente as ferramentas trabalharam bem na madeira e um buraco foi se formando. A água seguiu o seu curso natural e atravessou a frágil barreira de madeira que até aquele momento tinha exercido bem a sua função.

Na margem, os norethangs acompanhavam sem demonstrar nenhuma emoção o movimento lento e constante que o barco fazia em direção ao fundo do mar. Foi apenas quando o casco já apontava para os céus que vieram os primeiros gritos. Poucos, quase nenhum, kuraq se jogou da amurada. Dois estavam tão bêbados que acabaram se afogando. Os outros, sete para ser mais preciso, nadavam para a margem. Um simples movimento e as flechas voaram. Vortha não esperava que tão poucos saíssem do navio e era inútil tentar acertá-los daquela distância. Ele guiou seus comandados, com espadas em punho, em direção ao inimigo. Caminhavam sem pressa.

Encharcados e esbaforidos os piratas chegaram às margens. Porém seu alívio durou pouco. Assim que o primeiro kuraq se levantou, seu estômago foi transpassado por uma espada e o que se seguiu foi um espetáculo de sangue e covardia. Com uma superioridade de mais de dois para um, os defensores da vila de Serot massacraram os impotentes kuraqs. O mar se tornou escuro com o sangue derramado. Membros decepados se misturavam às súplicas de misericórdia. Felizmente tudo não passou de alguns instantes. Restava apenas um único pirata, sua boca estava cortada e os dentes pontiagudos e miúdos apareciam por entre o fluxo de sangue escuro que corria de seus lábios. Thisgo ordenou que ninguém tocasse no pirata. Vortha se aproximou, movimentos frios, olhou diretamente nos olhos amarelados de seu oponente e desceu a espada com violência.

Imediatamente os olhos de Vortha buscaram o céu e, quis o destino, que ele fosse testemunha da morte de sua mulher. Pois neste exato momento Wyen dava o último passo em direção ao abismo. O último mergulho. A queda.

A espada caiu nas águas sujas e o marido correu. Seu corpo era tomado por uma sensação que há muito ele tinha deixado de sentir. Soterrado pela vingança e a amargura, o amor voltava com violência. Ele corria para tentar salvar a mulher que um dia amara, que ele tinha esquecido que amava.

O corpo sem vida, sem amor, de Wyen jamais foi encontrado. Foram dias e mais dias de buscas. Nada. O oceano tinha aceitado e clamado para si a mulher de Vortha.

Por mais mórbido que este pensamento pudesse ser, ninguém tinha dúvida de que era apenas uma questão de dias até Vortha seguir sua mulher. A casa de frente para a baía permaneceu fechada, portas, janelas, nenhuma luz. Morta.

Tampouco Vortha foi visto durante um longo tempo. Como diziam os antigos, a vida tinha que seguir o seu curso natural e aos poucos a triste história de Vortha foi sendo esquecida. O lugar passou a ser considerado assombrado, ninguém mais se aventurava na região. Muitas mortes e tristeza estavam no ar ali. Thisgo era o único que ocasionalmente ia até a baía para deixar algumas flores encostadas na porta pintada de azul. O jovem detinha uma grande admiração por Vortha e sempre fora tratado com carinho pelo desenhista e sua família.

A paz tinha retornado e depois daquele ataque a vila não foi mais importunada. Alguns diziam que era porque a guerra tinha terminado, a maioria acreditava que o espírito de Wyen protegia a costa e a vila que ela tanto amava. É impossível precisar quem detinha a razão, fato é que os piratas tinham sumido.

*

*   *

A subida era um pouco íngreme, mas ele não se importava. Em sua mão as flores balançavam acompanhando seus passos largos. Estava quase no topo da colina quando seu rosto foi atingido pela brisa. Era suave e vinha acompanhada do cheiro do mar. Ele respirou o ar, encheu seus pulmões ao máximo. Simplesmente sublime.

Seguiu pelo caminho de terra, agora tomado pelo mato, que levava à familiar porta azul. Sorriu. A esperança de que a porta se abrisse e Vortha o convidasse para entrar, aqueceu seu coração. Mas as flores em sua mão lhe lembravam de que fazia um ano que aquela casa estava morta. Retirou as flores antigas, pardas, ressecadas pelo tempo, e colocou as novas. Vibrantes e coloridas. Gostava de pensar que este pequeno gesto, de alguma forma, trazia um sopro de vida àquele lugar.

Estava começando sua jornada de volta para a vila quando uma imagem fez o terror se apoderar de sua mente. Ainda longe surgiam as velas de um navio.

Por um breve instante Thisgo não soube o que fazer. Suas pernas, seus braços, sua mente não se moviam. Porém logo o navio foi esquecido quando os fios de fumaça apareceram. Primeiramente um, depois dois e, finalmente, quatro ao longo de toda a baía. Ele correu para o penhasco e foi o primeiro morador da vila a ver as bestas.

Lá estavam elas, deitadas displicentemente nas rochas que cercavam o oceano. Olhos espremidos e dourados, narinas dilatadas e expelindo a fumaça negra. Desta vez suas pernas reagiram e Thisgo saiu correndo pela colina. Queria gritar, mas sua garganta não relaxava para deixar o som sair. Seus músculos retesavam enquanto ele tentava sair o mais rápido dali. O impacto foi forte em seu ombro e o gosto de sangue surgiu em sua boca.

As mãos apertavam seus braços e ele não conseguia mexê-los. O joelho sobre seu peito o impedia de se levantar. Thisgo se debatia, tentava soltar um dos braços, chutar, mas estava completamente dominado. A força foi abandonando seus músculos e ele desistiu.

– Olhe para mim – ordenou uma voz perturbadoramente familiar. – Olhe para mim, garoto!

Os olhos do estranho perfuravam os seus e ele sentiu-se desnudo diante deles. Seu coração parou de bater.

Vortha.

O sangue agora era bombeado com grande velocidade por suas veias. Não pode ser. Ele deveria estar morto. Que espécie de bruxaria era esta.

– Deixe-me – gritou o filho de Kratby. – Afaste-se de mim criatura das sombras!

Thisgo sentiu as mãos se afrouxarem e o peso sobre seu peito diminuiu. Vortha se levantou e estendeu a mão, que faltava um dedo, para o garoto. O cabelo estava comprido, emaranhado e sujo. Uma longa barba descia sobre seu peito, o corpo era magro, mas visivelmente forte. Era Vortha. Sem dúvida. Thisgo aceitou a ajuda e com um amigável puxão ficou de pé.

– Sou eu mesmo – o desenhista explicou diante do olhar desconfiado que o mirava. – Sei que vocês me tomaram por morto. Que eu tinha me entregado, desistido – sua voz vacilou, – mas eu persisti. E agora meu trabalho está terminado.

Vortha voltou-se para a baía e indicou para que o garoto o acompanhasse. Seguiram até o penhasco e ao ver novamente as bestas, Thisgo pensou em correr. Mas a mão forte em seu ombro afastou a idéia.

– Acalme-se. Está tudo bem agora.

A fumaça continuava subindo. As bestas permaneciam imóveis, entretanto o terror que elas exalavam não deixava de ser menor. Vortha apontou para o barco dos piratas. Thisgo tinha até esquecido deles. A embarcação seguia na rota que todos os outros antes dele tinham feito. O vento estava a favor e eles vinham com uma boa velocidade. Não existia dúvida de que estavam vindo para saquear a vila. Thisgo olhou para o desenhista. O rosto permanecia sem expressão, como uma escultura de pedra a olhar o horizonte.

De repente, um sorriso.

Sem uma explicação aparente, o barco fez uma manobra e começou a se afastar. O garoto reparou que Vortha olhava para os fios de fumaça ainda com o sorriso em seus lábios. Nem mesmo os piratas mais sanguinários ou gananciosos iriam se arriscar contra bestas de tamanha monstruosidade.

– São nossas protetoras – disse o desenhista com uma voz sussurrada. – Eu as criei para proteger a todos nós.

*
*   *

– Foi a última vez que alguém avistou Vortha. – a segunda garrafa de vinho tinha terminado. – Não se conhece o seu destino. O que sabemos é que depois deste dia Thisgo voltou para a vila e refletiu muito sobre o que tinha vivenciado no alto da colina. Demorou alguns dias para que o filho de Kratby tomasse a coragem suficiente para seguir até a praia e ver as bestas de perto. Foi apenas o carinho que sentia por Vortha que tornou possível que Thisgo se aproximasse das bestas e visse com seus olhos que eram feitas de pedra. Na verdade, tinham sido esculpidas na pedra.

Mais uma vez o noviço entrou trazendo novas velas. Era noite avançada já, mas a habilidade de Raw de usar as palavras era cativante e não parecia que estavam todo aquele tempo sentados ali.

– Ainda assim seus olhos eram enganados, tamanha era a vivacidade contida na pedra, e o medo nascia em seu coração. Dentro de uma das bestas encontrou um lar rudimentar e instruções deixadas por Vortha – continuou Raw depois que o noviço saiu.

– Um sujeito formidável esse Vortha – bati meu cachimbo

levemente para retirar o fumo queimado. – Por quanto tempo as Bestas cumpriram sua função?

– Contam que Thisgo assumiu a tarefa do desenhista e manteve as bestas expelindo fumaça por um bom tempo. E isso manteve os piratas afastados e a vila em paz. Porém o coração das pessoas é algo difícil de compreender e uma traição de um norethang da própria vila foi a causa da queda das Bestas. A vila foi tomada e mais tarde destruída durante a guerra ente Kuraqs e Norethangs. Mas até hoje as Bestas são impressionantes e ainda capazes de enganar nossos olhos.

– Às vezes fico impressionado com o que somos capazes de fazer quando guiados por nossas emoções – tomei o último gole do vinho e desejei boa noite a meu amigo Raw.

A cela escura e úmida era apenas iluminada por um fraco fio de luz entrando pela diminuta janela quase à altura do teto. O cheiro de mofo se espalhava por todos os cantos, escondido sob a palha velha que servia como cama ou no vão das pedras cinzentas que formavam a parede. Ligen há tempos não se encontrava em um lugar como aquele, o golpe ainda doía. Passou a mão pela nuca e sentiu o calombo, nada para se preocupar, o dia se encarregaria de curá-lo. As grades também não o incomodavam, já escapara de celas muito mais complicadas e tinha consciência de que poderia sair no momento que desejasse. Entretanto a ferida em seu orgulho seria difícil de esquecer.

Durante toda a sua vida de aventuras Ligen jamais se envergonhou de cair diante de um adversário mais forte ou perder para alguém com maior habilidade e, principalmente, de ser derrotado sabendo que fez o melhor de si. Entretanto quando sucumbe por um erro seu, sente grande vergonha e tenta esconder a todo custo o seu fracasso.

O gnomo tentava relembrar as ações que tinham tomado lugar na sala principal da casa de Felktar, senhor da pequena cidade de Alond. Sabia que seu erro tinha sido a arrogância, porém custava a admiti-lo. Muitos, em um primeiro estudo, julgariam o roubo sem importância, digno apenas de ladrões menores. São detalhes como esse que diferenciam Ligen do resto e fazem dele um dos maiores de Breasal. Pois o quadro pendurado na parede norte do salão de Felktar esconde um segredo interessante, se assim podemos dizer. Para olhos não treinados trata-se do retrato de uma jovem humana, sentada à mesa com um farto banquete à sua frente. Mas Ligen conhece, através de seu amigo Wahori, a história do desenho feito por um andarilho em 804. O astuto andarilho, Monstir era seu nome, codificou um mapa em suas pinceladas. E por longos anos assim permaneceu, incógnito, esperando a pessoa que pudesse decifrá-lo. Muitos dizem se tratar de um tesouro de grande valor, outros um segredo de grande poder, o único consenso é de que, sem nenhuma dúvida, o esforço para desvendar o mistério seria recompensado.

Para o gnomo a aquisição do mapa seria, por uma grande distância, a etapa mais fácil de toda a aventura. Acreditava que o difícil já fora ultrapassado, encontrar a localização atual do quadro. Ligen não esconde que contou com a sorte e que os deuses deveriam estar olhando para ele no momento em que viu o quadro balançando em uma carroça na cidade de Duca. Graças à descrição precisa de Wahori reconheceu o desenho imediatamente. Descobrir a quem pertencia e todas as informações necessárias para adquiri-lo era só questão de tempo.

Mas quis o destino que na noite escolhida, Haltok, um dos vigias de Felktar, estivesse fatigado de escutar o menestrel declamar suas trovas. O vigia decidiu dar uma volta pela propriedade de seu senhor e dar um merecido descanso para seus ouvidos. Ligen insiste em enfatizar os méritos do guarda que teve uma reação estupenda agindo rapidamente no momento em que o viu carregando o quadro. Por outro lado, ele não teve reação, Haltok desferiu o golpe com precisão fazendo Ligen cair para acordar apenas com o cheiro de mofo invadindo suas narinas. Foi assim que, um simples guarda, conseguiu deter a ação de Ligen.

Suas memórias foram interrompidas por uma tosse fraca, quase sussurrante, vinda de um grande monte de palha suja no canto oposto da cela. O gnomo sorriu, pois julgava até aquele momento que seu companheiro de infortúnio estivesse morto, é um presságio terrível entre os ladinos ter um cadáver como companhia. Lentamente a palha foi escorrendo para o chão, revelando o rosto de traços delicados e nariz grande e adunco. Não foi preciso mais para o gnomo saber que seu colega de cárcere era um lumpa.

Uma situação interessante e sem dúvida, incomum. Normalmente lumpas vivem em suas pequenas vilas e deixam que o mundo siga seu ritmo sem sua participação. Ligen ficou a imaginar o que poderia ter feito a pobre criatura para estar presa em Alond. Seu rosto era largo, simpático, o queixo coberto por uma barba negra e encaracolada e o olhar estava distante. Por todo o rosto existiam hematomas, um corte acima do olho esquerdo e outro no lábio inferior. Seja o que tivesse feito, fora grave. Mesmo para as masmorras do reino Golloch, conhecidas pela violência de seus carcereiros, os ferimentos eram exagerados.

Com muito esforço o lumpa conseguiu se levantar e olhou com curiosidade para Ligen.

Tinha roupas sujas e rasgadas, mas claramente isso se devia ao ambiente e não por descuido. Na verdade Ligen percebeu que antes da surra e encarceramento, tratava-se de um sujeito bem vestido e cuidadoso com os detalhes. O gnomo não deixou de notar o corte preciso no tecido esverdeado, pequenos detalhes adornados com fio da cor de pérolas e o casaco não acusava a falta de nenhum botão. Definitivamente não estava diante de um viajante ou ladrão.

O lumpa se aproximou com passos hesitantes. Nos olhos uma busca silenciosa por ajuda. É comum para os que enfrentam esta situação pela primeira vez sentir um desespero crescente e procurar por estranhos, colegas de infortúnio, por alguma saída, uma palavra que fizesse o pesadelo terminar. Porém comumente encontravam escárnio e ameaças. Para o pobre lumpa, entretanto, seria diferente.

Ligen não sabia exatamente o porquê, mas instantaneamente sentiu empatia pelo lumpa. Reparou que ele tinha as pontas dos dedos gastas, com a pele escamando, e então compreendeu e sua curiosidade despertou definitivamente. Ali se encontrava o menestrel da festa.

Lentamente o menestrel se sentou ao lado do gnomo, para surpresa deste que esperava que o outro fosse desmoronar em pranto. O lumpa olhou para a diminuta janela e suspirou. Passava os ágeis dedos por sua barba cortada com precisão gnômica.

– Talvez eu me arrependa, mas gostaria de saber o porquê de o amigo estar nesta situação – disse com uma voz agradável.

Ligen esperava por isso. É sensato procurar saber a razão que levou alguém, que dividirá um espaço diminuto com você, a estar ali. Uma noite tranqüila de sono depende desta resposta.

– Digamos que o senhor Felktar não gostou quando coloquei minhas mãos em um de seus objetos – respondeu Ligen.

O menestrel respirou aliviado, de todas as respostas que tinha imaginado esta era a que ele torcia para ser proferida pelo gnomo.

– Eu poderia dizer que a má sorte me colocou aqui, entretanto quem, se não nós mesmos, somos responsáveis por nossas ações – o lumpa tentou colocar alguma ordem em seus cabelos passando lentamente as mãos sobre eles. – Estava tendo uma noite ótima, o instrumento com uma afinação perfeita e as rimas pareciam há muito terem sido escritas, tal era a naturalidade e exatidão que saíam de minha boca. Seria uma apresentação memorável se não fosse o pedido de Felktar.

O menestrel se calou de repente, escutavam-se apenas os passos ritmados do carcereiro. Ligen não fez nenhuma pergunta, ele conhece o efeito que as celas têm sobre as pessoas, tendem a falar por nenhuma razão aparente, a língua fica solta. Era uma questão de tempo para o menestrel contar o resto de sua história. O gnomo distraiu-se enumerando todas as maneiras possíveis de fuga. Apesar de já ter formado em sua mente o plano que iria usar, ele gosta de sempre esgotar as possibilidades para garantir que escolhera a melhor.

O carcereiro se aproximou, um sujeito corpulento e asqueroso. Olhou rapidamente para os dois e sorriu de uma forma estranha quando viu os ferimentos do menestrel. Levava um porrete de madeira e uma adaga, mas seus movimentos demonstravam claramente que não tinha a habilidade para manejá-los bem.

– Meu breve sucesso foi o meu cadafalso – o lumpa continuou então seu relato. – Deveria ter tomado o devido cuidado. Não sei se o senhor sabe, mas um menestrel tem como arte transformar as cores, sons, essências e sentimentos à sua volta em verso e música – olhou para ter certeza de que o gnomo tinha compreendido, – mas a verdadeira arte está na habilidade em criar uma poesia que agrade a quem ouve. Não em construir as frases e escolher belas palavras, como muitos pensam. Com a confiança que adquiri, por conta de minha boa apresentação, esqueci desta regra fundamental. Deixei que as palavras fluíssem livremente de meus lábios e o desastre foi inevitável.

> Tão formosa era a dama
> Ao lado de sua gentil ama
>
> Seus olhos brilhando
> Perscrutando pela mesa
> Por mais um punhado
> Da deliciosa guloseima
>
> Pobre senhora
> Com a forma de uma amora

– Esta foi a minha derrota. Este foi o meu crime – disse o lumpa de forma incisiva.

Ligen lembrava-se vagamente da mulher de Felktar. Uma mulher imensa, com quase a mesma altura de seu marido e sem dúvida mais que o dobro em largura. O gnomo tentou se controlar, entretanto um sorriso chegou a seus lábios. A rima do menestrel tinha sido muito bem construída.

– Você pode zombar de mim – sussurrou o lumpa, – entretanto não fui eu que acabei preso iludido por uma história contada para embalar o sono das crianças.

O gnomo cessou o riso e olhou seriamente para o menestrel. Na mente de Ligen inúmeras hipóteses passavam de como seu companheiro de cela poderia ter conhecimento de seu plano. Imediatamente aguçou os sentidos, tentou ler algum novo traço no menestrel, algo que indicasse um ardil. Duvidava que tivesse feito um julgamento errado sobre o lumpa, porém precaução nunca era demais.

– Pensar que um quadro carrega o segredo para um grande tesouro – o menestrel ainda não tinha coragem para erguer sua voz. – Que história mais absurda. Quando vi o guarda devolvendo o quadro para Felktar, custei a acreditar que alguém poderia correr tamanho risco por uma pintura, uma de péssimo gosto pode se acrescentar. Mas reparando melhor no desenho lembrei-me de uma antiga história, acho que poucos a conhecem por aqui, e compreendi seu objetivo. Você estava atrás do mapa – sua voz e olhos estavam parados e sem emoção, o gnomo soube que se tratava de apenas uma coincidência. Ainda assim não acreditava em coincidências. – Talvez, ao invés de mim, o destino tenha escolhido você para fazer seus jogos.

Ligen voltou a sorrir. Talvez o destino tenha me colocado aqui para libertá-lo, meu amigo, pensou o gnomo.

– Chamo-me Petnar. Qual o nome do distinto colega? – o menestrel estendeu sua mão para um cumprimento.

– Moébius – mentiu o gnomo. Não estava pronto para revelar que o famoso Ligen tinha sido pego, – é um prazer ter sua companhia, Petnar, em tão desconfortável local – apertaram as mãos e o lumpa finalmente relaxou.

– Por um breve momento, em minha ingenuidade, pensei estar diante do célebre Ligen – olhou para o chão envergonhado, – mas é claro que ele não poderia ter sido pego em uma cidade sem importância como esta. Escutei muitos de seus feitos e dizem que se trata de um gnomo.

O gnomo sorriu, as palavras do lumpa o alertaram sobre as conseqüências que se seguiriam quando alguém descobrisse que ele fora pego em Alond. Decidiu que em sua fuga, além do quadro de Felktar, levaria Petnar se o menestrel assim desejasse.

– Se a lenda sobre o quadro for verdadeira, acho que seria uma aventura que despertaria o interesse deste gnomo que você mencionou – sorriu Ligen.

A lua passava por trás de uma nuvem quando Ligen sinalizou para Petnar que era o momento de agir. Imediatamente o lumpa começou a entoar uma canção. Ela vinha em uma voz afinada e com ritmo impecável. Não demorou a que o carcereiro aparecesse com cara de poucos amigos.

– Cale essa boca – vociferou antes de bater com força nas barras de metal.

O menestrel ficou assustado, o gnomo apenas fez um discreto sinal de encorajamento para Petnar continuar. As primeiras palavras hesitaram na garganta, mas logo seu canto estava alto e vistoso.

– Eu já avisei uma vez – o humano pegou um balde de água suja e atirou em Petnar. – Quem sabe agora o passarinho fecha o bico – disse com uma risada irritante.

O lumpa estava encharcado e olhava para Ligen com aflição, ele queria parar, a desconfiança crescia em sua mente. Por um breve momento o gnomo ficou em dúvida se tinha acertado em envolver Petnar na fuga, talvez fosse demais para o lumpa. Entretanto manteve seu olhar firme e acenou para que o menestrel cantasse mais uma vez.

Ligen percebeu que as pernas de Petnar perderam as forças por um instante, novamente indicou que estava ao lado do menestrel. Ele limpou a água de sua barba e encheu o peito de ar. Cantou com toda a vontade que restava e o fez magnificamente bem. Ligen se surpreendeu com o talento do lumpa.

O truculento guarda abriu a cela e olhou rapidamente para Ligen, o gnomo permaneceu parado e simulava à perfeição uma hesitação e medo inexistentes. Acreditando que da parte do gnomo não encontraria nenhum risco, o carcereiro entrou.

– Quer dizer que não aprendeu o suficiente a noite passada – ele batia levemente o porrete em sua mão. – Mas não se preocupe a lição de hoje você não vai esquecer. Eu garanto.

Ele se preparou para agredir o menestrel, mas cometeu um erro. Deixou que o gnomo saísse da sua linha de visão. Rapidamente Ligen atacou, um chute preciso no joelho originou um ruidoso estalo e foi o suficiente para o humano cair.

O gnomo arrancou o porrete do carcereiro e o segurou pelo pescoço. Bravamente Petnar enfiou um bolo de tecido na boca do humano. Com grande agilidade o gnomo prendeu os punhos do guarda com uma corda improvisada. Antes que pudesse compreender o que se passava, o carcereiro estava preso e amordaçado.

O caminho estava livre.

Rapidamente as tochas foram apagadas pelo gnomo e o corredor mergulhou na escuridão. Petnar ficou desorientado e provavelmente teria permanecido parado na cela sem ação. Mas sob o comando de Ligen eles rapidamente chegaram a uma pequena sala.

A sala era mal iluminada, somente um lampião tentava colocar um pouco de luz no cômodo. No centro, um prato com meio pão e um copo de vinho repousavam sobre a mesa. Ao lado direito se encontrava um armário de madeira com quatro portas unidas por uma grande corrente de metal. O cadeado era robusto e levava o símbolo de Felktar, uma raposa comum daquelas planícies. Ligen puxou a cadeira e fez o lumpa se sentar.

– Como você sabia que...

– Não é o momento para explicações – o gnomo interrompeu. – Coma um pouco e tome um gole de vinho, lhe fará bem – ele acenou para o prato. – Logo estaremos fora daqui.

Petnar decidiu que o melhor era seguir as indicações do gnomo, evidentemente ele sabia o que estava fazendo. Bebeu o vinho, que surpreendentemente era de ótima qualidade, mas não teve coragem de experimentar o pão que mostrava manchas de bolor.

Ligen segurou o cadeado em sua mão e analisou por um breve momento. O mecanismo era simples e tudo que precisava era de uma haste fina para desativá-lo. Pegou a garrafa de vinho e começou a retirar o pedaço de arame que segurava a rolha. Suas mãos trabalhavam com precisão e rapidez, logo um pequeno gancho estava formado. Levou apenas um instante e o cadeado fora batido. O gnomo abriu uma das portas enquanto o lumpa observava atentamente.

– Meu alaúde! – celebrou Petnar e rapidamente segurou o instrumento de cinco cordas nas mãos. – Você é cheio de surpresas Moébius!

O gnomo sorriu e pegou seu estojo de ferramentas, sua adaga

e, como esperava, não encontrou a pequena bolsa de couro onde guarda suas pedras de valor. Isto exigia uma visita aos aposentos de Felktar. O gnomo passou uma adaga para Petnar que prontamente recusou, mas Ligen insistiu e o lumpa a aceitou.

– Se tivermos que lutar para sair daqui, é bom estar preparado – Ligen sorriu. – Não se preocupe, não me lembro da última vez que precisei usar de armas para escapar.

Seguiram pela estreita escada que levava à saída do calabouço. Tudo estava silencioso e Ligen sabia que apenas um guarda andava pelos salões durante a noite. Sabia também que fazia uma rota fixa, andando sempre pelos mesmos lugares, portava uma adaga e mancava um pouco na perna esquerda devido a um velho ferimento. O gnomo estava tranqüilo, tudo corria bem, Petnar reagia bem até aquele momento e logo tudo estaria terminado.

Passaram por algumas salas, a cozinha e finalmente pararam. Com a previsível e lenta ronda, era possível seguir sem nenhuma pausa por um bom trecho, mas logo o vigia estaria passando novamente por ali.

– Estamos nos saindo muito bem – sussurrou o gnomo, – basta seguir por aquela janela e você estará livre. Assim que o guarda passar você atravessa a sala e sai pela janela. Ela não está trancada. Não tem como errar.

– Você não vem? – o lumpa olhava nervosamente esperando pelo retorno do vigia.

– Tenho que tratar de alguns assuntos antes de sair – o gnomo tinha um estranho sorriso nos lábios.

– Eu sei do que você está atrás – o menestrel falou com seriedade, – e se você não se importar quero participar de sua tentativa.

Ligen não esperava por isso, mas ficou alegre em saber do interesse de Petnar. O gnomo nunca gostou de agir solitariamente, não era de seu agrado, e ter a companhia de um lumpa durante o restante da pequena aventura seria algo interessante.

– Você não está pensando em se vingar de Felktar, está? – Ligen queria ter certeza de que não teria nenhuma surpresa.

– Não estou falando sobre Felktar – o lumpa sorriu. – Gostaria de acompanhá-lo na busca atrás do tesouro que supostamente o quadro esconde.

Era uma reviravolta interessante. Pensou por um instante, não conseguiu ver motivo para recusar.

– Está certo – o gnomo mantinha a expressão séria. – Mantenha-se atento e se algo der errado fuja o mais rápido que puder.

Eles selaram sua sociedade enquanto o vigia, alheio a tudo, passava diante deles.

*
*   *

A Lua há muito já tinha se despedido do céu quando os dois finalmente pararam de caminhar. Estavam ofegantes, mas felizes. Petnar por estar livre de um cativeiro injusto e Ligen porque carregava embaixo de seu braço, pelo menos para o gnomo, o valioso quadro. Perto da cidade existia um pequeno bosque formado por algumas árvores e arbustos e foi ali que eles se abrigaram. O começo da grande floresta Tempestuosa.

O lumpa deu uma atenção especial para seu instrumento, verificando se as cordas estavam inteiras e se permanecia a afinação. Tudo estava em ordem e Petnar só lamentou não terem uma boa garrafa de vinho, era o que faltava para esquecer dos terríveis momentos que passou nas masmorras. Enquanto corria os dedos pelas cordas ainda podia sentir a dor nas juntas, uma memória vívida das torturas que sofreu. Por um breve instante só se escutou a triste melodia do menestrel e o farfalhar das folhas.

– Qual será nosso próximo passo? – perguntou o lumpa enquanto colocava cuidadosamente seu instrumento na grama.

– Primeiro necessitamos encontrar um lugar confortável para descansar e fazer uma bela refeição. Depois um local seguro para analisarmos o quadro com a devida atenção.

Ligen pensava que uma estalagem seria o ideal. Não temia

que Felktar enviasse guardas atrás deles, principalmente porque o senhor da cidade ficaria muito feliz com o rubi que encontraria pendurado no local onde estava o quadro.

– Tenho um tio que mora em Pleni, talvez... – o lumpa foi interrompido por um sinal do gnomo pedindo por silêncio.

Por um momento o silêncio se fez absoluto. Imediatamente Ligen se levantou e pegou Joyeuse, sua adaga. Instruiu para que o menestrel se escondesse nos arbustos, o que foi prontamente negado e o lumpa se armou também. Iria lutar. Ficaram então os dois, de armas em punho, aguardando o combate.

O gnomo esperava encontrar apenas um oponente, pelo menos era o que seus ouvidos lhe diziam, mas Ligen sempre se prepara para o inesperado. Por isso poderia enfrentar o que aparecesse. Sua pior estimativa era de serem seis soldados armados com espadas e escudos e, com certeza, homens de Felktar. Saqramans não atuavam ali, não existia nenhuma rota de caravana na região para que eles pudessem roubar. De qualquer maneira o gnomo se surpreendia com a obstinação de Felktar, será que ele sabia sobre o segredo do quadro?

Petnar respirava rapidamente, suas mãos suavam e seu coração disparou. Não se lembrava de antes ter estado em tal situação, tinha certeza de jamais ter usado uma arma. Orgulhava-se de sua única arma serem suas rimas.

Por entre as árvores surgiu um homem magro, usava uma armadura feita de couro e empunhando uma espada comum. Ligen sorriu, seus ouvidos não tinham mentido. Definitivamente era homem de Felktar, suas roupas não deixavam dúvidas, entretanto não era um soldado. O gnomo calculou que pelo porte e maneira de levar a espada, era alguém que não está acostumado à luta corpo a corpo. Um vigia, sem dúvida.

Ele apontou sua arma para o gnomo, porém a falta de confiança era visível para um lutador com experiência.

– Entregue-me o lumpa e não precisaremos lutar – sua voz era grave e surpreendentemente firme.

– Não – respondeu secamente Ligen.

O homem hesitou por um instante, não esperava por aquilo. Ligen deu alguns passos em sua direção.

– Meu senhor não procura por você, ele agradece o rubi –deu um sorriso nervoso e insistiu, – basta me deixar levar o menestrel e você estará livre para ir.

O gnomo gostou da astúcia do vigia, suas palavras eram inteligentes e muitos teriam aceitado a proposta sem pensar duas vezes. Contudo seu argumento de negociação continha uma falha. Se ele tivesse poder para subjugar o gnomo, já o teria feito. Não era necessário negociar, se o fazia é porque receava perder a luta. E Ligen sabia que um gnomo armado com uma adaga não era motivo para um bom guerreiro hesitar.

Com um movimento preciso e inesperado o gnomo golpeou a espada do vigia para o lado e pulou com os dois joelhos no peito do humano. Antes que seu oponente pudesse fazer qualquer menção de reagir, Ligen estava com a lâmina de Joyeuse encostada na garganta do humano. Seus joelhos pressionavam o peito do vigia que não conseguia se levantar.

– Wuha – o gnomo sorriu. – Agora vamos conversar com calma, quem é você e como nos encontrou?

O humano ficou em silêncio e Ligen empurrou a lâmina contra sua garganta usando a força exata para causar um tremendo desconforto.

– Sou o vigia da torre sul e percebi quando dois pequenos seguiram nesta direção durante a noite – sua voz agora estava trêmula e o suor escorria por sua testa. – Depois de meu turno desci para comer e soube que os prisioneiros tinham escapado. Deduzi que eram vocês. Existe uma recompensa pelo lumpa.

Talvez, às vezes, as rimas sejam mais fortes que a espada, porém jamais deve se cantar sobre o peso de uma mulher.

– Foi um excelente trabalho. Felktar deveria conhecer melhor seus homens, é um desperdício deixá-lo na torre – o gnomo se afastou, porém manteve a adaga apontada para o oponente. – O que ofereço a você é o seguinte. Volte para Alond e diga a seu senhor que encontrou o menestrel com a garganta cortada e nenhum sinal do gnomo. Está certo?

O vigia ficou surpreso de ainda estar vivo e apenas acenava com sua cabeça positivamente antes de sair correndo assustado.

– Ei! Você esqueceu sua espada – gritou Ligen com alegria.

Petnar ainda estava com a arma na mão e pronto para atacar quando percebeu que tudo tinha acabado. Suas pernas tremiam e pela primeira vez desde que o humano tinha aparecido, conseguiu respirar melhor. Sorriu em alívio.

*

* *

A viagem durou alguns dias, mas graças às habilidades de Ligen e o conhecimento que Petnar tinha da região, os aventureiros passaram muito bem. Conseguiram chegar a Pleni sem nenhuma surpresa. A floresta que circunda a vila é composta por árvores altas e tem sempre a presença de um agradável vento. O solo é coberto por grama e muitos arbustos com frutas. O nome, Tempestuosa, foi dado porque as copas das árvores são muito altas e de um verde muito escuro, dando a impressão de que nuvens de tempestade se aproximam no horizonte.

Pleni é uma pequena vila, ou amenda como chamam os lumpas, com não mais que vinte casas. Dispostas em pequenos círculos que são ligados por estreitas estradas de terra. Ao sul uma grande plantação e ao norte os moinhos. Uma típica amenda lumpa.

Foram recebidos por Goupa, o tio de Petnar, com grande alegria. Os lumpas são famosos por serem excelentes anfitriões e fazem questão de honrar essa fama, por isso logo estavam instalados em uma pequena e aconchegante casa. Construída de pedra e madeira não apresentava problemas para o gnomo já que sua altura é próxima à dos moradores da vila. Chegaram logo após a segunda refeição do dia, mas Goupa fez questão que experimentassem, pelo menos, a sobremesa. Uma massa preparada à base de amendoim coberta com canela ralada. Qualquer um que já provou um doce lumpa, não recusaria um convite desses.

Enquanto era servido, Ligen percebeu nas mãos de Goupa os calos e sinais característicos com os quais ele próprio estava tão familiarizado. Sem dúvida se encontrava diante de outro colecionador de objetos alheios, como gostava de chamar sua ocupação.

Passaram o dia conversando sobre os mais diversos assuntos, mas nunca foram questionados de onde vinham ou o que faziam ali. Ligen tentava afastar a idéia de que o destino tinha colocado Petnar em seu caminho, mas a cada passo da jornada novos elementos o convenciam de que assim o era. Goupa era um lumpa de idade avançada e logo nos primeiros momentos já demonstrou um grande conhecimento sobre as lendas e o folclore da região. Uma vantagem que o gnomo sabia ser importantíssima para um futuro muito próximo.

À noite, finalmente Ligen revelou o quadro para Goupa. Até aquele momento, manteve-o escondido e Petnar, por respeito ao gnomo, nada comentou. Mas agora o desenho se encontrava sobre a mesa de jantar do lumpa. Vários castiçais foram acesos para iluminar o diminuto ambiente e, então, o mistério se apresentou.

Sobre a tela antiga, feita de tecido e desgastada em alguns pontos, estava o desenho de uma bela humana sentada à mesa. Diante de si um banquete digno de nobres senhores. Na toalha branca estavam impecavelmente dispostos três pratos de carne, duas travessas de doces, além de uma garrafa de vinho e uma taça. Curiosamente a mesa tinha apenas uma faca e nenhum outro talher. O desenho era primário, linhas simples e com erros de perspectiva. As cores eram puras, sem sombras ou variações de tons.

Isto era possível de se observar somente porque a tela conservava muito bem as vigorosas pinceladas, mesmo as cores retinham sua vivacidade depois de muitos anos. Diante dos olhos deles estava escondido o mistério para um tesouro que diziam ser dos mais valiosos que existiu.

– Nunca imaginei que ele realmente poderia existir – Goupa passou a mão por seu queixo. – Sempre contei a história sobre o desenho que guarda um maravilhoso tesouro, ela foi passada para mim por meu pai apenas como um conto de ninar. Quem diria que um dia estaria frente a frente com ela.

Petnar abriu uma garrafa de vinho e serviu em três taças.

– O problema é por onde começar – Ligen não tirava os olhos do desenho enquanto tomava um gole de vinho. – Presumo que funcione como um mapa, mas pode estar se referindo a qualquer lugar de Breasal. Sem um ponto de partida será impossível decifrar qualquer coisa.

– Sem dúvida – disse Goupa pensativamente, – com certeza existe um indicador. É preciso ter.

Petnar não prestava muita atenção à discussão, rapidamente tinha perdido o interesse pelo quadro e voltava seus esforços para reparar os estragos em seu instrumento musical. Cuidadosamente passava óleo vegetal para retirar os riscos e proteger a madeira. Cantarolava uma canção que inventava enquanto trabalhava, ela falava sobre as aventuras dos últimos dias. Talvez pudesse usá-la, se algum dia viesse a ser convidado para uma festa novamente. O que ele pensava ser realmente difícil.

Goupa e Ligen continuavam debruçados sobre o desenho. Analisavam silenciosamente a pintura, mas o mistério sempre vencia suas idéias. A Lua caminhou um bom tempo no céu, Petnar já se encontrava dormindo e a garrafa de vinho vazia. Foi depois de fumar duas vezes seu cachimbo que Goupa disse alguma palavra.

– Reparou nos pratos? – perguntou o lumpa.

– Coelho, cervo e gado – respondeu prontamente o gnomo.

– Precisamente, todos animais vistos na floresta Tempestuosa – Goupa meticulosamente repunha o fumo no cachimbo.

– Assim como na floresta Verde – apesar do tom desanimado, Ligen fixava seus olhos com interesse nos pratos, – mas é um primeiro passo. Temos as duas florestas.

– Você esqueceu de um detalhe importante. Amendoim, canela e morango – ele indicou os dois pratos de doces com a ponta do cachimbo, – somente a Tempestuosa têm estes três.

– Como não vi isto antes, estava bem diante de nossos olhos – Ligen sorria e sacudia a cabeça. – É uma humana. Só poderia ser no norte, onde os humanos têm seus reinos. E o seu raciocínio dos ingredientes não deixa dúvida que o segredo está aqui, na Tempestuosa.

– Como eu disse, na Tempestuosa – repetiu com orgulho o lumpa.

O gnomo sorriu. O primeiro obstáculo fora vencido.

Ligen e Goupa continuaram analisando o quadro, entretanto agora o trabalho era mais fácil. Já que estavam eliminando hipóteses e não as criando. Apesar de não terem muitas dúvidas, demoraram um bom tempo até poderem afirmar que o quadro se referia à floresta Tempestuosa. Um erro agora poderia resultar em decepções e esforços inúteis e a experiência ensinara Ligen que quando grandes tesouros estão envolvidos é preciso ser perfeito.

Para eles não restava nenhuma dúvida quando foram deitar, pois os olhos já reclamavam por um descanso e as idéias estavam lentas e preguiçosas.

*
*   *

Petnar acordou e seguiu para o bosque. Queria coletar alguns cogumelos para a primeira refeição do dia, eram o seu prato predileto. Quando retornou encontrou Goupa e Ligen já acordados e debruçados sobre o desenho novamente. A refeição foi realizada em instantes e só não foi feita em cima do desenho porque eles ficaram preocupados de um acidente acontecer e danificar a pintura. E assim passou o dia, mas revelou-se ser um de poucos progressos.

Novamente as velas foram acesas e a noite chegou. Goupa já tinha desistido e estava sentado em sua poltrona bebendo vinho acompanhado de Petnar. Apenas Ligen persistia com o desenho. O gnomo tinha levantado a tela para aproximá-la do rosto. Os lumpas se olharam e riram, Ligen desaparecera atrás da tela e tudo que podiam ver era um quadrado bege flutuando.

– Caro amigo, venha descansar um pouco – Goupa buscou por seu cachimbo. – Não adianta. Precisamos deixar nossa mente trabalhar sozinha um pouco. Distraí-la com outros assuntos.

O gnomo nada disse, o quadrado bege rodava de um lado para o outro.

– Eu reconheço esse desenho – disse Petnar de repente.

– Que desenho? – o rosto de Ligen surgiu por detrás da tela.

O lumpa se levantou e pegou a tela das mãos do gnomo e a colocou contra a luz com as costas voltadas para Ligen.

– Este aqui – disse por fim.

A princípio era uma mancha escura, era possível vê-la porque a luz não conseguia atravessar a tela em alguns pontos. Rapidamente o desenho se formou nos olhos do gnomo. Duas montanhas com um rio passando entre elas.

– Eu recordo de ver este desenho na casa de minha avó – continuou o lumpa. – Vi uma vez em um livro, esta lembrança estava viva em minha mente porque ela ficou muito nervosa quando me pegou mexendo no livro. Levei umas boas palmadas sem nunca compreender o porquê.

– Acho que hoje você já tem idade suficiente para saber o que aconteceu – Goupa sorriu para seu sobrinho, – quando você era jovem toda esta região era dominada pelo reino dos Gollochs. Foram anos difíceis para todos, inclusive para nós lumpas, pois os Gollochs exerciam seu poder através do controle da água. Tropas patrulhavam todo o acesso à água e qualquer um, fosse ele humano ou lumpa, era morto se as desafiassem. Estas eram as ordens.

– Este símbolo – Ligen apontou para o quadro e agora não conseguia ver outra coisa que não fosse o desenho – era um sinal de abrigo para os que combatiam as forças Golloch. Sua avó deve ter prestado grande ajuda aos humanos que lutavam na resistência.

– E como! – exclamou Goupa com orgulho. – Perdemos a conta de quantos humanos mamãe escondeu em sua casa. Quantas armas foram trocadas de mão em nossa sala de jantar. Foi uma guerra silenciosa, mas não menos violenta. Ouvimos histórias de que muitos lumpas foram mortos por ajudarem humanos. Um vizinho nosso, o senhor Acad, sumiu e até hoje não sabemos o que aconteceu com ele. Foram tempos terríveis.

O menestrel escutava com grande admiração a voz fraca de seu tio contar os grandes feitos da família.

– Mas pelas pistas do quadro – Petnar pensou por um instante – o tesouro pode estar na casa da vovó!

– Isto é impossível – disse Ligen acabando com as aspirações de Petnar de que a casa de sua avó guardasse um grande tesouro. – As pistas indicam claramente que se trata de uma construção na floresta. Os ingredientes indicam a floresta e não uma vila – o gnomo olhou novamente para a pintura, – os inimigos de Golloch usavam pequenas construções subterrâneas por toda a floresta para se esconderem, serviam também como depósitos de arma e água. A probabilidade de encontrarmos o tesouro em uma dessas construções abandonadas é grande – ele sorriu e olhou para seus companheiros, – estamos perto.

– Eu não me animaria tanto – Goupa passou o dedo ossudo por sob seu nariz arredondado, – existem vários destes abrigos. Olhar em todos levaria uma eternidade, sem contar que muitos foram comidos pela terra e nunca saberemos onde estavam.

Os três se olharam. Ninguém tinha uma resposta para essa possibilidade. A floresta se estendia por um bom pedaço de terra, praticamente ia de uma ponta à outra do continente. Seria uma tarefa difícil e extremamente trabalhosa. Ligen sabia que todo o trabalho seria recompensado no final. Tinha certeza de que o tesouro seria precioso.

O gnomo voltou novamente suas atenções para a pintura. Tinha sido feita por um andarilho, alguém que conhecia bem a região, que andou por aquelas paragens por um longo tempo. Os detalhes eram exatos, os ingredientes e o símbolo. Tudo para não deixar nenhuma dúvida de que era aquela a região. Seria incompreensível se não existisse uma indicação. Por mais que seus olhos se esforçassem, Ligen não conseguia ver nada. Procurava um elemento fora do local, um defeito, uma estranheza, qualquer coisa. Mas não conseguia ver nada.

Sua concentração foi quebrada por um barulho. Metal contra madeira. Um som seco e breve.

– Desculpe – disse Goupa. – Está um pouco pesado e meus braços já não têm o vigor de antes – o lumpa esfregava seu antebraço. Diante dele, em cima da mesa, estava um baú de metal. A ferrugem já se formava nos cantos. – Talvez isto aqui possa nos ajudar em nosso pequeno mistério – ele apenas retirou o cadeado aberto e um guincho estridente indicou quando a tampa foi levantada.

Logo uma pilha de coisas velhas se formou na mesa. Pergaminhos, ferramentas, recipientes de vidro das mais variadas formas e cores, coisas sem valor. O gnomo pôde ver que nos papéis estavam muitas datas, nomes e listas de equipamentos. Provavelmente reminiscências dos tempos em que a casa era um posto para a resistência.

– Tenho certeza de que a velha Bhria tinha um mapa em suas coisas – coisas não paravam de sair do baú. Penas, fitas, até um sapato. – Aqui! Sabia que estava aqui.

Goupa desenrolou um mapa, envelhecido, com as pontas quebradiças e o traço fraco, quase consumido pelo tempo. No canto inferior esquerdo estava grafado o ano. 1398. Era o auge da dominação Golloch. A Floresta Tempestuosa tinha mudado pouco em mais de trezentos anos, o lado Oeste tinha perdido seu esplendor. No mapa, Pleni ainda estava bem no interior da Floresta.

Não se pode dizer por quanto tempo os três permaneceram contemplando o mapa de Bhria. Ligen repetia o mesmo processo, procurava, perscrutava cada detalhe. Comparava as informações da pintura com o mapa. Mas não existia nada passível de comparação.

De repente, como mágica, sua mente foi inundada por uma idéia. Ligen sorriu, agora era impossível não notar. O mapa fora feito por um excelente artista. O cuidado com os detalhes de árvores, colinas e vilas era estupendo. Era possível identificar cada tipo de árvore. E não era preciso conhecer a Tempestuosa a fundo para saber que faias não crescem ali. Eis o incomum, a coisa fora de seu lugar. Seu conhecimento sobre a pintura era tanto que o gnomo não precisou olhar novamente para saber que as faias estavam dispostas da mesma forma que os pratos de comida. Este era o padrão que ele estava procurando.

– Preciso chegar até esta faia – Ligen apontou para a faia que estava na mesma posição do único prato que a mulher do retrato estava se servindo. O prato com carne de cervo.

– Que estranho – Petnar coçava sua cabeça – colocar uma faia na Tempestuosa. O artista não tinha a menor idéia do que estava fazendo.

– Ele sabia precisamente o que fazia, meu amigo – o ladrão deu um leve tapa no ombro do menestrel. – Sabia exatamente o que fazia.

*
*   *

Era o terceiro dia de viagem, Ligen e Petnar tinham se despedido de Goupa e estavam novamente na estrada. O gnomo desconfiava que seu companheiro poderia ser um bom aventureiro, mas ainda não conseguia imaginar Petnar enfrentando as situações que ele já vivera com os Basiliscos.

O mapa tinha se mostrado espantosamente preciso. Até mesmo a localização das árvores era apurada. Isso facilitou muito o serviço do lumpa e não foi surpresa quando o menestrel olhou para o velho pedaço de pergaminho e falou.

– Chegamos – Petnar soava cansado. – A faia deveria estar bem aqui. Entre aquele carvalho e este sicômoro.

– As faias eram apenas um símbolo – Ligen começou a arrastar seus pés na terra, – serviam apenas para indicar os locais onde estavam os refúgios, onde era seguro para os membros da resistência passarem a noite ou buscarem por ajuda.

– Como você pode ter certeza? – o lumpa fez uma careta ao ver Ligen revirando a terra. – O que você está fazendo?

– Encontrando nossa faia – agachado, o gnomo examinava com cuidado o solo. Buscou em seu cinto a adaga e cuidadosamente começou a marcar um quadrado na terra. – Finalmente ela se revela para nós.

O quadrado era pequeno, mas grande o suficiente para um humano. Ligen desafivelou sua mochila, retirou um estojo de couro avermelhado e o abriu. Escolheu três entre as inúmeras ferramentas de metal que estavam metodicamente organizadas no interior. Limpou com cuidado a fresta, agora perfeitamente visível na terra seca, e inseriu um gancho delgado. Logo depois inseriu outra ferramenta e iniciou uma série de movimentos suaves com suas mãos.

Petnar no começo olhou com curiosidade a atividade do gnomo, mas não demorou a que perdesse o interesse. Sentou-se em um tronco velho que tinha por ali e pegou seu instrumento. Alguns acordes para atingir a afinação e cantou uma balada que costumava usar para limpar a garganta e aquecer os dedos. O lumpa cantou onze baladas antes que Ligen, finalmente, ficasse em pé.

– Venenos, magias, dardos, lâminas, mecanismos diversos – o gnomo limpou a testa suada com as costas da mão – desarmei todos eles. A maioria letal, mas agora não nos trarão nenhum incômodo – Ligen deixou o orgulho transparecer. – Não foram um verdadeiro desafio.

– E por que ainda permanece fechado? – quis saber o lumpa.

– Bem, o mecanismo que solta as travas eu ainda não descobri – o gnomo segurava o pequeno pingente em forma de cadeado que balançava em seu pescoço, seu amuleto de sorte. – Existe um frágil tubo de vidro que circunda todo o alçapão. Para abri-lo é preciso pressionar este tubo por completo, o segredo é que a força deve ser semelhante ao longo de todo o vidro. Não vejo como podemos realizar tal tarefa, pelo menos não com o que temos aqui. Teremos que voltar à amenda e preparam algum tipo de ferramenta para tentar.

Petnar colocou com cuidado seu instrumento de lado e coçou sua cabeça.

– Sem dúvida é um problema confuso – ele se aproximou do alçapão, – eu não consigo ver o vidro, mas como estamos em um refúgio de uma guerra pela água, talvez, e repito o talvez, a água seja a solução.

– Wuha! – gritou Ligen em sua língua materna antes de abraçar o lumpa.

*
* *

A sorte mostrou-se quando Ligen tentou inserir a seringa no diminuto orifício e ela entrou perfeitamente. Lentamente o gnomo pressionou a extremidade e o líquido cristalino fluiu para o tubo. Foram necessárias duas injeções para preencher o tubo. Bastou a última gota deixar a seringa e o gnomo escutou o tão esperado clique. Estava aberto.

O alçapão era feito de madeira sólida e os dois companheiros tiveram que unir forças para levantá-lo. Suas narinas foram tomadas por um cheiro terrível, pesado. Petnar foi obrigado a sentar e buscar ar puro. Ligen molhou a manga de sua camisa na água e cobriu o nariz.

Seus olhos demoraram a se acostumar com a escuridão, a luz produzida pela fraca chama de sua lanterna não ajudava muito. Estava de frente para um corredor onde existiam seis portas. Duas na parede da esquerda e três na direita, a sexta ficava ao final de frente para ele. Seu primeiro impulso foi de seguir diretamente à última, não apenas por ser reforçada com barras de metal, mas porque era a única que permanecia fechada depois de tantos anos de abandono.

Caminhava com cuidado, não que acreditasse existir algum perigo, mas a cautela é sempre bem-vinda. Olhava por um instante antes de colocar seu pé sobre as pedras gastas que formavam o chão. E claro, tentava não colocar todo o seu peso sobre um único pé, um bom ladino sabe distribuí-lo bem. E Ligen o fazia à perfeição. Passava pela primeira porta que levava a uma saleta com prateleiras arruinadas e nada mais, quando parou. Às vezes, e isso vinha acontecendo com mais freqüência, sua mente era inundada por uma certeza, um sentimento, de que era necessário tomar uma atitude. Agir. No início tentava procurar uma razão lógica para acreditar nestes impulsos, mas com o tempo aprendeu a confiar neles. Simplesmente agia e deixava de lado a sua cautela.

Examinou a parede oposta à porta. Naquele ponto as portas ainda não coincidiam, elas começavam a ficar frente a frente a partir da segunda. Passou os dedos pela pedra nua, lisa e úmida. Sentia cada imperfeição da rocha e não demorou a encontrar uma leve reentrância. À medida que limpava o diminuto vão, um desenho foi se formando. Um retângulo indicava os contornos de uma pequena porta secreta. Um pouco maior que um barril de cerveja.

O gnomo coçou seu nariz, apesar de acostumado ao ar de lugares fechados e com o mau cheiro, isso não deixava de incomodar. Buscou seu cantil de couro e tomou um gole. A garganta estava seca, não pelo ar podre, mas pela ansiedade de estar perto de algo que vinha perseguindo há tanto tempo. Bebeu mais um gole e voltou sua atenção para a parede de pedra. Usando a lanterna tentou enxergar se existia algo no diminuto sulco, mas a luz era fraca demais. Recorreu a seus instrumentos. Era um trabalho perigoso porque Ligen precisaria usar duas finas hastes de ferro como seus olhos. Ele tocava toda a extensão do sulco e memorizava cada detalhe. O problema acontecia quando existiam armadilhas, um descuido, o uso demasiado de força, e você pode estar morto.

Um sistema de encaixe e uma trava numérica.

Ligen já tinha visto muito daquilo em suas aventuras e tinha um bom relacionamento com números. Usando as ferramentas certas e os cálculos corretos, tudo estava resolvido antes de Petnar terminar de tocar duas baladas. Retirou a pesada tampa de rocha sólida e iluminou o interior da câmara. Era rasa com uma prateleira de madeira que havia se quebrado ao longo do tempo. Uma pequena caixa de metal adornada com espelhos coloridos e um monte de pergaminhos presos com uma fita vermelha desbotada. Era tudo.

O frio do metal da caixa gelou a ponta dos dedos de Ligen. Cuidadosamente ele levantou a caixa. Um suave clique ocorreu e o gnomo viu as palmas de suas mãos repletas de pequenos dardos negros. Ele conseguiu não largar a caixa e retirá-la da pequena câmara. O gnomo sentiu a queimação subindo por suas veias, a visão escureceu e Ligen caiu no chão.

*
*   *

Lentamente a luz penetrou seus olhos e o gnomo acordou. Sua cabeça doía terrivelmente. Moveu-se e a dor aumentou. Estava em um quarto, sentia o conforto de um colchão embaixo de seu corpo. Reconheceu as paredes, era a casa de Goupa. Suas mãos tinham um curativo no local onde os dardos o atingiram.

– Foi por pouco, muito pouco, meu amigo – Goupa surgiu através da porta. – Se demorasse um pouco mais, eu não poderia salvá-lo.

– O que aconteceu? – Ligen tentou se levantar, mas o quarto rodou e ele desabou.

– Descanse. Depois conversaremos. O importante agora é você sair inteiro desta – o lumpa deixou o quarto e fechou a porta.

*
*   *

O copo tinha um líquido rosado e denso, ele deu o primeiro gole e era como beber o próprio fogo. Goupa acenava positivamente com sua cabeça, encorajando o gnomo a beber até o fim. A mesa estava posta e como não podia ser diferente em uma residência lumpeana, a comida era farta. Ligen surpreendeu-se com a voracidade que atacava os pratos.

– Vitgot é um bastardinho complicado – disse com alegria Goupa. – Uma vez que escapamos de seu perigo, haja comida.

Ligen conhecia o vitgot e suspeitava que fosse o veneno que estava nos dardos. Agora ele sorria enquanto se empanturrava, mas sabia que tinha estado muito perto da morte.

– Obrigado, Petnar – disse o gnomo sério para o menestrel. – Devo-lhe minha vida.

– Digamos que agora estamos quites.

A refeição seguiu e a sobremesa foi tão longa quanto os pratos quentes. Ligen se sentia muito melhor. Depois de três dias de repouso, sentia as forças voltando para seu corpo. Depois de levar toda a louça embora, Goupa trouxe para a mesa a caixa de metal e a colocou diante do gnomo.

– Foi uma baita sorte você tirar a caixa da parede – Petnar ainda terminava um prato de doce, – logo depois tudo veio abaixo e não sei se poderíamos encontrar a caixa novamente.

Ligen sabia que não tinha sido sorte, ele quis tirar a caixa de lá. E tinha certeza de que se não a tivesse tirado ela sumiria para sempre. Mas ficou quieto e apenas sorriu às palavras do menestrel.

Todas as atenções se voltaram para a caixa.

Ela tinha um cadeado simples, ainda assim o gnomo fez tudo com muita calma. Porém o cadeado era o que aparentava e logo a caixa estava aberta. Um punhado de esmeraldas e um belo relicário de ouro com rubis. O relicário era de um trabalho magnífico e quase desviou toda a atenção de Ligen. Um item valioso que poderia ser o suficiente para qualquer um que tivesse chegado até ali. Mas o gnomo sabia que deveria existir mais e por isso voltou sua atenção para o monte de pergaminhos.

As primeiras páginas eram relatos da resistência, da luta contra os Gollochs e como humanos e lumpas reuniram esforços para derrotar um inimigo em comum. "Wahori irá gostar disto" pensou o gnomo lembrando do interesse que seu amigo tinha na História do mundo. Para ele não tinham valor nenhum.

Estava quase acreditando que o relicário e as pedras seriam

tudo, quando percebeu uma letra diferente em um dos pergaminhos. Era fina e clássica. Com os detalhes e enfeites característicos dos monges. O título do texto era "De como o Tesouro de Sviur chegou a meu conhecimento". Era o relato de um monge de Olwein narrando suas pesquisas sobre Sviur.

O Tesouro de Sviur é uma lenda entre os colecionadores de objetos. Ninguém sabe exatamente sua história ou quais os artefatos que o compõem. Mas ninguém duvida que seja o maior tesouro de toda Breasal. Os mais sábios dizem que os artefatos que o compõem deveriam permanecer ocultos. Seus poderes podem ter conseqüências terríveis para todos. Talvez até possam causar o fim do mundo como o conhecemos. Mas estes são os sábios e seus pensamentos são profundos e além da compreensão de muitos. O importante para a grande maioria é seu valor e, principalmente, o poder que tal tesouro pode ter. Não são poucas as histórias de pessoas que desperdiçaram a vida tentando encontrá-lo. Outros tantos não encontraram nada mais que a loucura.

– Esta é sua parte – Ligen colocou o relicário e as esmeraldas diante do menestrel.

– Ao que parece você encontrou seu grande tesouro entre os pergaminhos, não? – disse Petnar para desconforto do gnomo. – Não se preocupe, estava mais do que satisfeito em ter participado desta aventura, mas aceitarei as jóias de bom grado.

O gnomo agradeceu as palavras do menestrel e rapidamente Ligen guardou os pergaminhos em sua mochila. Apesar de Petnar ter se revelado um bom companheiro de aventuras, o Tesouro de Sviur era grande demais para ele. Talvez fosse grande demais para qualquer um. Por isso Ligen decidiu que, por enquanto, o pergaminho ficaria em sua mochila. Temporariamente esquecido. Mas sabia que um dia teria que ir atrás do Tesouro e não tinha dúvidas de que esta seria a maior aventura de sua vida.

Qenari

A ilha de Peneme ao sudoeste do continente, onde está localizado o Mosteiro de Nafgun, guarda muitas criaturas estranhas. Por entre suas árvores de folhagem escura e montanhas íngremes espreitam perigos inimagináveis para os menos experientes. Monstros terríveis habitam este lugar esquecido pelos Deuses. Até mesmo o solo é hostil e representa um perigo aos menos desavisados, fendas profundas se escondem nas sombras. Porém não existem dúvidas de que os mais vis e terríveis seres são os próprios monges. Mercenários do saber, vendem seu conhecimento em troca de ouro, artefatos, pedras preciosas e até pessoas. Apenas os desesperados fazem a viagem até Nafgun e deixam seu destino nas mãos dos monges.

A longa viagem até a ilha começa em Gram, a cidade mais próxima com um porto suficientemente equipado para receber navios de grande porte. Somente uma embarcação robusta consegue superar as águas sempre agitadas que envolvem Peneme. Depois de alguns dias através do Grande Mar é chegado o momento de usar os botes, o coral avermelhado que cresce ao redor da ilha impossibilita a chegada de embarcações maiores. O pequeno trecho feito com a força dos remos é perigoso, nas profundezas daquelas águas habitam seres estranhos. Outra ameaça são os corais, venenosos e mortíferos, basta encostar sua pele em um de seus espinhos e está tudo acabado. Uma grande escada entalhada na rocha da montanha leva a uma sinuosa trilha. O caminho é protegido pelos próprios monges, não por se importarem com a vida dos que se arriscam andar ali, mas para o bem dos negócios.

O Mosteiro é circundado por um abismo. A única forma de chegar até a construção é por uma precária ponte de madeira e cordas. É um prédio enorme com três construções principais. Dizem que existem inúmeras galerias subterrâneas e ninguém sabe a que profundidade as escadas entram na terra. Os mais assustados acreditam que sigam até o mundo dos espíritos.

Se conseguir chegar em segurança às portas de Nafgun, você irá se deparar com dois portões. O da esquerda é pequeno e é possível abri-lo por fora. Este é o local onde você deve colocar a sua pergunta. Escrita em um pergaminho, você deve tentar ser o mais específico possível, qualquer incerteza ou obscuridade que deixe no texto pode estar certo de que os monges irão aproveitar-se disso. É preciso que você assine o pergaminho usando, ao invés de tinta, o seu sangue.

Uma vez que a porta de ferro é fechada, seu pedido está feito e não existe mais volta. Você deve esperar que seu pergaminho retorne pela mesma porta. Atrás estará escrito, a caligrafia se mantém a mesma por mais de duzentos anos, o preço que os monges irão cobrar por sua resposta. Pode ser um artefato, uma página de um antigo livro, um animal, qualquer coisa que eles julguem ser interessante para eles. O problema é que de alguma forma você passa a ser vigiado, se percebem que você desistiu da busca, uma bela amanhã sua garganta pode "surgir" cortada.

Em sua próxima visita você deve deixar o pagamento diante do grande portão da direita e sair. Se tudo correr bem, jamais tente enganar os monges com falsos objetos, no dia seguinte sua resposta estará em um pergaminho dentro do portão pequeno. Assim é a forma correta de negociar com os monges.

Os integrantes dos Penas Prateadas estavam cientes de todo o tradicionalismo e perigos que envolvem lidar com os monges de Nafgun. Eles próprios, em outra oportunidade, já tinham usufruído dos serviços prestados ali. Conheciam melhor ainda a desonestidade daqueles mercenários. Foram enganados no passado. Entretanto, a situação que se apresentava exigia uma medida extrema. O maior grupo de aventureiros de toda a Breasal tinha esgotado suas forças e idéias e não restava outra opção. Teriam que recorrer a Nafgun. Mas desta vez não seriam os monges que ditariam as regras, agora os aventureiros estariam no comando.

O dia estava cinzento e Gomist não apreciava a garoa fina que caía. Tentava se proteger com a capa, mas o vento levava as diminutas gotas diretamente a seu rosto. O norethang caminhava por entre seus amigos que dormiam. Apenas Lassin estava acordada. Olhava para o horizonte onde os telhados de Nafgun arranhavam o céu. A elfa tinha uma xícara de ferro em suas mãos e bebia em goles pequenos o chá.

— Como você está? — Gomist sentou-se ao lado da elfa.

— Acho que bem, mas não tenho certeza — Lassin sorriu, — sinto-me culpada por arrastar vocês para isto.

— Não preciso dizer novamente que todos estão aqui por escolha própria — o norethang brincava com um graveto, — você nos perguntou o que gostaríamos de fazer e decidimos acompanhá-la.

— E por isso tenho uma dívida eterna com vocês — a elfa deu o último gole.

— Vamos esperar tudo acabar — Gomist limpou seu rosto da chuva, — talvez você possa pagar esta dívida aqui em Peneme mesmo.

Os dois permaneceram olhando o Sol subir por trás das nuvens.

O momento de descanso tinha acabado e era preciso seguir em frente. Não adiantava prolongar a espera, a melhor coisa a fazer era enfrentar o desafio. Gomist saiu para buscar lenha. Uma boa refeição matinal sempre ajuda seja qual for sua tarefa.

Lassin lembrou-se de seu marido e filho que ficaram na distante Dunalin. Ela sabia que estavam bem, mas não conseguiu conter as lágrimas. Precisava fazer alguma coisa. Não podia deixar que a doença levasse seu marido. Sua maior angústia era saber que tinha plena capacidade de ajudá-lo. Mas até agora não conseguira descobrir como fazê-lo. E isto a torturava.

O cheiro de carne cozida tomou conta do ar e ela percebeu que estava com fome. Não comia desde o desembarque. Sentou-se com seus amigos, companheiros de aventuras e sentiu um incômodo reconforto. Deveria estar em casa cuidando de seu filho e seu marido, que definhava em uma cama lutando contra a morte. A cada retorno dela para casa o marido parecia mais frágil e sempre ela prometia a si que não voltaria para a estrada. Mas ali estava ela. Reconfortada.

– Meus olhos me enganam, pois parece que estamos reunidos para uma bela refeição ao ar livre – Solslav era um humano alegre, com cabelos vermelhos e uma espessa barba de mesma cor.

– Gostaria que realmente o fosse – Blaqi servia carne a todos, – mas o que realmente peço em minhas preces é que as informações que temos em nosso poder sejam corretas. Eu não gostaria de ficar perambulando pelo Mosteiro sem saber para onde ir com esses monges malucos querendo o meu sangue.

– Claro que são corretas – Drogna era um anão, o mais velho dos Penas Prateadas. – Meus amigos da Estrela Azul não iriam colocar informações erradas em nossos arquivos. Cada palavra em nossos livros tem por trás de si uma grande pesquisa.

– Não é com os monges que devemos nos preocupar – mesmo com o calor do fogo, Rotnim cobria sua cabeça com um capuz, – existe coisa muito pior nesta ilha.

Por um tempo só foi possível escutar o barulho de pessoas se alimentando e talheres batendo nos pratos de metal. Todos sabiam que roubar Nafgun era uma idéia insana. Mesmo eles sendo os Penas Prateadas, reconhecidos como os maiores aventureiros do mundo. No fundo de suas mentes cada um deles sabia que mereciam esse título, ainda assim era loucura. Ninguém jamais tinha nem mesmo cogitado tal ato. E agora ali estavam eles, a apenas alguns passos de seu objetivo.

– Será realmente que eles existem? – Gomist bebeu um gole de vinho. – Escutamos tantas coisas que tenho minhas dúvidas se não estamos diante de apenas uma lenda.

– Eles existem – confirmou Berzin, o elfo era o mais quieto de todos e só falava quando realmente julgava necessário. Ninguém sabia inteiramente sua história, mas todas as vezes que foi necessário o andarilho provou sua lealdade a seus amigos, – eu já vi os qenari.

– Berzin está certo – Drogna usou seu cajado para levantarse, – li muitos relatos de sua existência e não tenho dúvidas de que são verdadeiros.

– A Estrela Azul não vai gostar de saber que você anda xeretando por lá – Solslav enchia novamente seu prato.

– Nossa organização tem por objetivo criar o conhecimento para que todos usufruam dele. Os livros estão disponíveis a todos. Até você poderia consultá-los.

– Vamos ver até quando isso vai durar – o humano encheu a boca de carne.

– O futuro da Estrela Azul não é importante agora – Lassin arrependeu-se de dizer estas palavras de forma ríspida, – por favor, Drogna, fale mais sobre os qenari. Eu só soube de sua existência há pouco.

O anão sorriu, talvez seja uma característica dos magos, mas o fato é que Drogna apreciava contar histórias para seus amigos. Ele respirou fundo e pensou por um instante antes de começar.

– Segundo minhas pesquisas, os qenari eram uma tribo que habitava as cordilheiras Lanwar. Humanos que viviam no terrível frio e escassez daquela região. Por anos e mais anos conseguiram viver, ou melhor, sobreviver. Mas alguma coisa os afetou, não se tem nenhum registro do que tenha sido, de qualquer forma o fato é que eles foram obrigados a descer. Seguiram para a floresta de Motsognir e ali entraram em contato com feiticeiros, os antigos e não os fajutos de hoje. Seres que usavam de rituais de sangue e magia para conseguir seus objetivos – o anão encheu sua caneca de vinho.
– Com essa convivência os feiticeiros acabaram se tornando líderes dos qenari. Esse foi o seu fim. Usando de um ritual maldito os feiticeiros conseguiram abrir uma passagem ao reino de Darkhier.

– Você está dizendo que eles conseguiram resgatar o espírito dos mortos? – Blaqi limpava uma de suas espadas.

– Sim, minha amiga, os qenari conseguiram trazer os mortos para Breasal novamente – Drogna bebeu do vinho, – mas não tardou para que Darkhier descobrisse sua façanha. A ira do Senhor dos Destinos foi implacável. Ele conjurou uma maldição sobre todos os qenari. Não importava se fossem mulheres ou crianças, nem mesmo se os pobres qenari eram ou não os verdadeiros responsáveis. Todos deveriam pagar. Foram transformados em humanóides, seus espíritos arrancados e passaram a vagar pelo mundo, tomados por um ódio cego. Seus rostos foram substituídos por osso, pele e carne arrancados, e longos cornos cresceram – o anão caminhava lentamente. – Dos feiticeiros é dito que Darkhier levou-os para seu reino, arrancou-lhes as pálpebras e eles são obrigados a ver todo o sofrimento, angústia e desespero do mundo. Aves de rapina aos poucos vão devorando seus olhos, somente quando elas engolem o último pedaço eles sentem um breve alívio. Mas o Senhor dos Destinos lhes dá novos olhos e tudo começa novamente. Um ciclo de dor interminável.

– Talvez seus olhos estejam sobre nós neste momento – a voz de Lassin soou quase como um lamento.

– É bem provável que estejam – Gomist parou ao lado da elfa e colocou sua mão sobre o ombro da amiga, – mas eles não são uma ameaça. E talvez, nossa esperança doa mais em seus corações negros do que nosso desespero. Por isso é bom que estejam olhando.

– O que realmente faz meu coração gelar é que os monges conseguiram dominar os qenari – Blaqi terminou de polir suas espadas. – O que podem ter feito para que tais criaturas seguissem suas ordens?

– A única coisa que me importa é que eles são os vigias do Monastério, – Solslav tirou um pedaço de carne de entre os dentes – portanto preciso saber como devem morrer.

Todos olharam para o anão em busca de uma resposta.

– Eu... – ele hesitou – não sei. Simplesmente não sei como podemos matá-los. Alguns acreditam que sejam imortais.

– Não precisamos matá-los – disse com uma meia-alegria Blaqi, – basta-lhes não nos atrapalharem.

O otimismo da kuraq foi efêmero. O silêncio naturalmente se instalou entre os aventureiros. Talvez estivessem pensando, talvez procurando uma saída, mas o sentimento era de desesperança. Os qenari seriam adversários duros, talvez grandes demais para eles.

– São mortos-vivos, não?

– Não – Drogna suspirou, – não basta arrancarmos suas cabeças. Eles foram amaldiçoados, não revividos da morte.

De repente Berzin pulou de seu lugar e ficou em pé com suas espadas em punho. Imediatamente todos buscaram suas armas. Mas logo relaxaram e Erist apareceu por entre as árvores. A humana franzina, os cabelos escuros ensopados de suor, levava uma adaga em sua cintura e arfava. Sua bochecha estava com um corte profundo.

– O que aconteceu, Erist? – Lassin buscou por água.

– Qenari – ela disse depois de respirar profundamente, – eles pegaram nossa trilha. Estão perto. Os malditos quase me pegaram.

– Você os feriu? – Solslav apoiava seu machado no chão.

– Arranquei o braço de um deles – Erist não conseguiu esconder o orgulho que surgiu em seu sorriso, – mas ele não hesitou um momento. Continuou me atacado, me perseguindo – tomou um gole de água, – são loucos. Uivava a cada golpe e ria quando o acertava.

– O que podemos... – Blaqi perdeu suas palavras.

Um enorme humanóide caiu entre os Penas Prateadas. Levava em sua mão esquerda uma rústica lança. Seu braço direito estava decepado um pouco abaixo do cotovelo. Seu rosto era de osso descarnado e dois enormes cornos despontavam de sua testa. Urrava. Mexia sua cabeça de um lado para o outro. Poderia ter atacado Blaqi que estava ao alcance de sua arma, mas o qenari correu em direção a Erist.

O golpe exigiu toda a agilidade da humana e ainda assim suas costelas sentiram o raspar do aço da lâmina. Ela rolou para o lado e já estava em pé com a adaga pronta para agir. O monstro se preparava para atacar novamente quando uma flecha cravou em seu ombro, a força do projétil foi tamanha que o qenari deu dois passos para trás. Lassin já posicionava outra flecha em seu arco. Blaqi usou suas espadas curvas e fez dois cortes profundos nas pernas do inimigo. Qualquer ser teria caído, mas o qenari riu.

Era um riso melancólico, sem alegria, repleto de ironia.

Mais uma flecha encontrou a carne do inimigo, agora no antebraço. Lassin correu para o lado de Drogna, quando em batalha era sua função defender o mago. Solslav com seu machado, Blaqi armada de suas espadas, Berzin também com duas lâminas e, um pouco mais atrás, Erist com a adaga, todos circundavam o monstro que parecia um pouco confuso. A determinação que tinha antes em atacar a humana tinha desaparecido e agora o qenari hesitava contra quem derramar o seu ódio. Uivava como um louco.

– Segure suas magias – sussurrou Lassin para Drogna.

A lança se voltou para Blaqi que aparou o golpe com suas espadas.

– Onde eu acerto? – gritou Solslav – Onde eu acerto?

O monstro se voltou para o humano e atacou-o duas vezes. A primeira estocada foi aparada pelo machado, a segunda foi certeira. Perfurou a coxa do guerreiro que urrou de dor. Imediatamente não sentia mais sua perna direita. A lança se voltou então para o pescoço de Solslav. Teria sido certeira e mortal se Lassin não tivesse acertado o rosto do qenari. A flecha ricocheteou no osso e se perdeu, mas foi o suficiente para prejudicar o golpe. Solslav escapou com apenas um corte.

– Eu quero o queixo dele – disse Berzin com uma calma assustadora enquanto puxava suas espadas, uma longa e outra curta.

Rapidamente o inimigo se recuperou do golpe e estava pronto para atacar novamente. Porém Solslav foi mais rápido, seu golpe mirava o estômago, mas o qenari aparou-o com o cabo da lança. Neste momento ele deu suas costas para Blaqi.

Todos os movimentos dos Penas Prateadas eram mecânicos. Cada um sabia exatamente o que fazer, o momento exato para executar e o que o outro faria. Por isso Solslav deu um passo para trás e abriu espaço para Berzin que com dois passos largos ficou à frente do monstro. Enquanto o qenari encarava Berzin, Blaqi se colocou atrás do inimigo e com grande rapidez usou suas espadas curvas para rasgar as costas do monstro. Levado pela dor, instintivamente, o qenari jogou sua cabeça para trás e expôs seu queixo.

Berzin atacou de baixo para cima. A primeira espada não foi tão precisa e passou perto, porém a segunda foi perfeita. Acertou exatamente no encontro da máscara de osso com a carne. A máscara voou e caiu longe. Apenas os olhos brancos e os orifícios do nariz não estavam cobertos pelo sangue pastoso que cobria todo o resto. Uma imagem que inspirava terror e asco.

A adaga de Erist viajou pelo ar frio e atingiu o rosto descoberto e logo foi acompanhada por uma flecha. O qenari caiu. Contorcia-se, suas pernas se debatiam e tentava arrancar o aço de sua face. Mas não houve tempo. Os Penas Prateadas atacaram sem hesitar. Não importava o que o qenari fosse, morto-vivo ou amaldiçoado, ninguém poderia suportar aquele número de golpes.

*

*   *

A escuridão caía mansamente sobre as árvores de folhas escuras. Além do canto dos pássaros, que anunciavam o final do dia, era possível ouvir a respiração alterada dos aventureiros. Depois do primeiro encontro com um qenari, tinham lutado e derrotado mais dois. Somente Lassin e Drogna não apresentavam ferimentos. Solslav quase não andava e Erist tinha um corte profundo no braço. Porém ninguém dizia uma palavra ou pedia para descansar. Tinham um objetivo e agora podiam vê-lo.

Sentados em seu precário acampamento era possível ver o muro de pedras vermelhas que cercava o mosteiro, a alguns passos iniciava o abismo que circundava a construção. Entretanto nada disso preocupava os aventureiros. A grande preocupação de todos era quando estivessem no interior da construção. Encontrar rapidamente o local onde estava o diário de Sviur era o que iria decidir se eles sairiam dali vivos ou não.

Durante toda a história do mosteiro somente uma pessoa conseguiu entrar em Nafgun e sair com vida. Um gnomo, um ladrão chamado Fask esteve entre os monges e levou alguns artefatos do imenso tesouro guardado pelos muros vermelhos. Os monges então decidiram que Fask seria o pagamento para qualquer pedido feito a eles. Infelizmente não demorou muito para que o gnomo fosse capturado. Só podemos imaginar os horrores que Fask sentiu no interior do mosteiro. Porém antes de ser trazido para os monges como pagamento, a história conta que ele fez um mapa. Não existem provas de que tal mapa realmente existiu, mas os Penas Prateadas iriam descobrir, pois Erist tinha conseguido um pedaço de pergaminho que fazia uma descrição apurada do que seria o interior do monastério de Nafgun.

Por um longo período Drogna, Erist e Benzir examinaram o Pergaminho de Fask, como ficou conhecido. Compararam a coerência da descrição, localização dos cômodos e sua arquitetura, com o que sabiam sobre o mosteiro. Qualquer lugar como Nafgun cria um grande número de lendas e histórias, é preciso um bom discernimento para coletar uma ou outra verdade. E os Penas Prateadas tinham toda a capacidade para fazê-lo. E foi usando essas habilidades que os três finalmente conseguiram desenhar um mapa.

Em uma situação normal seriam necessárias outras tantas confirmações para eles considerarem a idéia de entrar no barco com direção a Peneme. Mas Lassin não dispunha desse tempo. A saúde de seu marido definhava cada vez com mais velocidade. Ela temia que quando retornasse para casa tudo que encontrasse fosse somente uma lembrança. A "doença dos mineradores" é algo terrível, cada dia vai destruindo, debilitando quem a contrai. Ainda bem que não é contagiosa e seu filho não corria perigo. Ela não sabia o que faria se seu pequeno menino também estivesse doente. Mas ela tinha esperança, acreditava que com o Tesouro de Sviur, poderia descobrir a cura para seu marido e a vida poderia retornar ao normal.

Erist retornou para o acampamento e com um simples aceno de cabeça colocou todos de pé. O momento era propício e eles precisavam agir.

Do interior do abismo vinham gritos de melrots, as aves negras eram estridentes e seu canto lembrava ao grito de crianças desesperadas. O vento soprava mais forte ali sem a proteção das árvores, a chuva voltava a incomodar e Lassin preparava sua flecha. A água escorria por sua testa e atrapalhava sua visão, mas sua vontade era tamanha que ela poderia ter acertado de olhos fechados.

A ponta de aço reforçada penetrou fundo na pedra. Solslav deu um forte puxão na corda e a flecha não cedeu nada. Estava segura. Benzir e Drogna se juntaram ao humano puxando a corda e ela ficou reta e rígida. Com passos seguros e precisos, Erist caminhou por sobre a corda até alcançar a outra margem. Levava preso ao seu cinto uma segunda corda que estava amarrada ao tronco de uma árvore. De sua mochila de couro retirou um gancho que tinha em sua ponta um engenhoso mecanismo de fixação. Sem dificuldades ela encontrou uma reentrância grande o suficiente, bastou acionar o mecanismo e o gancho estava firme na rocha. Amarrou a corda no gancho e deu um puxão para testar. Estava segura. Berzin, Drogna e Gomist poderiam atravessar.

O abismo agora se colocava entre os companheiros. Lassin, Solslav e Blaqi ficaram para garantir uma fuga segura enquanto os outros quatro se preparavam para descer pela parede de rocha. Erist usava sua adaga para alargar o espaço entre duas pedras onde iria a base para uma roldana. Berzin retirava uma grossa corda de sua mochila, era feita de três cordas menores trançadas e reforçadas com fios de metal, trabalho de gnomos.

Não demorou para que Erist terminasse sua tarefa e a roldana estivesse firme. Imediatamente Berzin começou a passar a corda enquanto Drogna vestia um cinto de couro reforçado.

– Pergunto-me o que nos espera lá em baixo – Erist também vestia um cinto.

– Coisa boa não pode ser – respondeu Gomist.

Berzin apenas olhou para seus companheiros, o elfo tinha um grande apreço por eles, mas por outro lado era prático e estas conversas o deixavam impaciente. Sem aviso ou preparação ele se jogou no desconhecido do abismo.

Com os pés contra a parede de rocha, ele usava suas pernas

para impulsioná-lo para trás, usando as mãos e uma simples trava no cinto o andarilho ia liberando a corda conforme a necessidade. Se bem feito, era uma maneira segura e até suave de descer. Berzin estava no terceiro impulso quando seu pé escorregou no musgo que cobria a rocha. Ele girou para o lado e bateu com força contra a rocha. Por um instante ficou desorientado e sentiu o gosto de sangue em sua boca.

– Está tudo bem? – Drogna vinha um pouco acima na corda.

– Sim, sim – resmungou Berzin e cuspiu o sangue na rocha.

Uma revoada de melrots passou pelo elfo. As aves se debatiam, lutavam, para ficar mais próximas da mancha de sangue. Não era um bom presságio. Se melrots rondavam por ali, a chance de outras criaturas habitarem o abismo era grande. Esses pássaros não matam, apenas espreitam, esperando um ser mais poderoso eliminar sua presa para depois poderem comer as sobras. Mecanicamente Berzin passou as mãos pelos cabos de suas espadas.

A chuva apenas dificultava as coisas. Erist raspou a pedra com sua adaga, mais uma de suas marcas para medir a distância. Era a quarta, isto queria dizer que estavam a mais ou menos quarenta passos da borda. Não faltava muito para chegarem à sala do tesouro.

De repente alguma coisa passou com grande velocidade por Berzin. Só pôde identificar a cor branca das vestimentas dos monges. Sua mente imaginou as possibilidades e formulou uma explicação. De alguma forma algum monge no muro tinha percebido a presença deles. Lassin entrou em ação e eliminou o perigo com uma de suas flechas. A mancha branca era o corpo do monge. Pelo menos era isso que ele queria que tivesse acontecido.

O andarilho ainda tinha dúvidas se o plano iria funcionar. Parecia um pouco óbvio demais seguir pelo abismo até alcançar as galerias com os tesouros, cavar através da parede, pegar o que quisesse e ir embora. Tratava-se de Nafgun, não poderia ser tão simples. Porém até ali tudo corria bem e era preciso admitir que não era qualquer um que conseguiria passar pelos qenari. Ainda assim o elfo guardava dúvidas.

Não foi preciso a sexta marca para ele saber que tinha chegado. Era possível sentir o poder mágico que emanava por trás da rocha. Era impressionante.

– Você também sente? – o elfo olhou na direção de Drogna.

– Sim – disse solenemente o anão. – É formidável.

Berzin travou a corda no cinto. Era ali. Buscou por uma picareta em sua mochila. Hesitou. Olhou para os lados, para baixo e para cima. Nada. Silêncio absoluto. O metal perfurou a rocha com surpreendente facilidade. O elfo não acreditava na sorte que estava tendo, era um veio de pedra sabão. Inclinou a ferramenta para cima e sem precisar fazer força um grande pedaço caiu. Desistiu da picareta e buscou uma pá. Bastava raspar que aos poucos o buraco ia crescendo. Ficou mais tranqüilo, pelo menos com o barulho não precisaria se preocupar.

Sentiu suas costas serem perfuradas em seis lugares. As feridas começavam nos ombros e desciam em duas colunas. Tentava virar seus olhos para descobrir o que lhe atacava, mas só podia escutar o pesado bater de asas e sentir o cheiro, por Venish como fedia. O sangue empapou suas vestimentas e o elfo lembrou-se dos melrots, mas este pensamento foi varrido de sua mente quando a besta que lhe atacava começou a puxá-lo. A pressão em seus ombros aumentou e ele pôde sentir, talvez garras, perfurando sua carne. Uma dor lancinante invadiu seu corpo à medida que era puxado para trás, afastando-o da parede de rocha. Berzin mordia seus lábios, não podia gritar. Não podia arriscar chamar a atenção dos monges. Um grito ali ecoaria até os lugares mais profundos de Nafgun e alertaria o inimigo. Tinha que confiar e esperar que seus amigos o salvassem.

Drogna percebeu quando a criatura surgiu das profundezas e cravou suas garras nas costas de Berzin. Uma mistura de gavião e tigre atacava o elfo impiedosamente. Seu primeiro impulso foi o de atacar, mas hesitou. Uma magia poderosa o suficiente para rechaçar o ataque sugaria suas forças. Poderia perder os sentidos e cair. Além do mais, não sabia o que iriam encontrar no interior do mosteiro, era preciso prudência. De repente sentiu uma pressão em seu ombro. Olhou assustado e viu um pé apoiado sobre ele. Gomist descia se agarrando na corda como podia e o anão soube que seu amigo iria fazer uma loucura. Ele sempre fazia.

Gomist ficou com os dois pés sobre os ombros de Drogna e, aproveitando-se da vantajosa constituição física do anão, usou os ombros do amigo como apoio e pulou em direção à besta que agora já levava Berzin para longe.

O vento e a chuva batiam em seu rosto enquanto Gomist caía pelo abismo. Empunhou sua arma e o sangue correu velozmente nas veias. O coração pulsava acelerado e sentia o ódio ficar irrequieto em sua alma. A besta voadora jamais teria esperado um ataque desta natureza, por isso a espada de Gomist entrou fundo em sua carne e um guincho de horror ecoou pelo abismo.

Apesar da potência e fúria do golpe, as garras permaneciam enterradas em Berzin. A criatura batia freneticamente as asas, tentando se afastar do perigo. Mas o golpe tinha debilitado sua asa esquerda e a besta encontrava dificuldade para se manter no ar e carregar o elfo.

Foi preciso um forte puxão de Gomist para retirar a lâmina cravada no osso da criatura e atacar novamente. Estava prestes a desferir o segundo golpe quando sentiu um puxão em sua roupa. Ignorou esse evento e concentrou-se em eliminar o inimigo. Usou apenas uma das mãos para conseguir um impulso maior no braço e girou a lâmina de cima para baixo. Sua precisão não poderia ter sido maior. A besta guinchou novamente e sua asa esquerda foi decepada.

Seu ombro recebeu um forte impacto quando ele se chocou com a parede de rocha. Tudo que Gomist pôde ver foi a criatura agitando sua única asa e rodopiando enquanto se perdia nas profundezas do abismo. Olhou para cima e viu Berzin segurando-o pelas roupas. Pelo braço de seu companheiro escorria muito sangue, mas o elfo sorria.

– Você não deveria confiar tanto em seus amigos – disse Berzin, – eu quase não consegui pegá-lo.

– Quase é o suficiente para mim – o norethang segurou no braço do amigo que o puxava para cima. – Você está bem?

– Já enfrentei coisas piores – falou com esforço o elfo.

As costas do elfo ardiam de dor e uma grande quantidade de sangue fluía das feridas. Durante o ataque a criatura dilacerou todo o lado direito do corpo de Berzin e ele podia sentir uma das garras entre suas costelas. Mas sua boca estava livre do sangue. Por pura sorte o pulmão estava intacto. Sobreviveria. Entretanto não sabia quanto tempo poderia agüentar.

Um forte bater de asas irrompeu no abismo e lembrou Berzin da ameaça dos melrots. Imaginou que estavam vindo por sua causa, porém as aves passaram por ele em grande velocidade e seguiram atrás da criatura. Porém sabia que era apenas questão de tempo para voltarem sua atenção para ele.

– Creio que acabamos de perder o elemento surpresa – Gomist sorriu. Ele tinha subido um pouco acima de Berzin e prendia seu cinto novamente na corda.

O norethang assumiu o lugar de Berzin e usava sua espada para cavar a pedra. Não se preocupava com a discrição e, com potentes golpes, logo chegou à parede de pedra avermelhada do mosteiro. Com grande habilidade Erist desviou de seus companheiros e chegou até o muro. Imediatamente a humana avaliou a construção e buscou em suas coisas pelas ferramentas certas. As duas peças lembravam espadas, eram finas como pergaminho e tinham a largura de dois dedos. Foram passadas a Gomist que as posicionou na massa que existia entre as pedras. A massa, adbo como é chamada pelos construtores, era feita do solo retirado de vulcões e depois misturado com água, criando um material que mantinha as pedras juntas e sólidas entre si.

– Três pedras de distância entre elas – lembrou Erist.

O norethang empurrou as ferramentas que entraram sem encontrar dificuldade no adbo. Usou sua espada e bateu uma única vez em cada um dos cabos de madeira. O golpe fez com que as lâminas se curvassem e oscilassem velozmente. A vibração fez pequenas rachaduras aparecerem no adbo, depois as falhas estavam por toda a área.

A atenção dos quatro aventureiros foi perturbada quando o corpo de mais um monge caiu no abismo. Desta vez Berzin percebeu duas das flechas de Lassin cravadas no peito do inimigo.

Ao voltarem seus olhares para a parede viram as pedras no chão e uma confortável passagem através do muro. Com ajuda de Gomist, Erist se aproximou e ficou na pequena plataforma que a escavação na rocha tinha criado. Ouviu por um instante e fez um sinal positivo para Drogna e se afastou. O mago estava posicionado um pouco atrás de seus amigos, estendeu sua mão em direção à passagem e murmurou algumas palavras incompreensíveis.

Uma faísca se formou entre seus dedos e uma bola de fogo riscou o ar e sumiu na passagem. Imediatamente após o fogo, Erist entrou empunhando sua adaga. No tempo de um piscar de olhos ela reapareceu limpando o sangue de sua arma. A ameaça fora eliminada. Os Penas Prateadas estavam na sala que guarda os tesouros dos monges de Nafgun. Realizaram o impossível e não perderam nem um momento saboreando isso.

A sala era ampla e surpreendentemente bem arejada, de colunas de pedra maciça subiam arcos que sustentavam o teto. Estantes da altura de dois humanos preenchiam todos os espaços. Feitas de madeira e normalmente com sete ou oito prateleiras, guardavam todo tipo de objetos. Armas, livros, escudos, jóias, frascos com substâncias diversas, ouro, estátuas, provavelmente qualquer tipo de objeto imaginável estaria ali. No chão de pedra escura estavam os corpos de dois monges, com as vestimentas ainda em fogo e gargantas cortadas.

– Drogna, procure pelo diário – Gomist já empunhava sua arma, – eu, Erist e Berzin cuidaremos para que você tenha a tranqüilidade necessária para encontrá-lo – o norethang refletiu por um instante – e por Venish, encontre-o logo.

Imediatamente cada um seguiu por seu caminho. Drogna era o único que levava algum tipo de luz. O mago encantara uma pedra para gerar uma tênue luz. O suficiente para que seus olhos pudessem perscrutar as inúmeras estantes. Entretanto estava longe de ser o necessário para que ele pudesse encontrar o diário de Sviur. O anão fechou seus olhos, concentrou-se e proferiu um cântico. Repetiu as palavras por quatro vezes e abriu os olhos.

Lentamente começou a sentir a magia que emanava de cada objeto ali guardado. Cada magia tem a sua própria assinatura, uma aura diferente que os magos mais experientes conseguem perceber. Drogna sempre foi fascinado por esse fenômeno e o estudou a fundo. Foram anos e mais anos pesquisando, testando e procurando por respostas. Todo seu esforço possibilitou que ele, não apenas identificasse a magia, mas conseguisse distinguir o mago que a tinha criado.

Assim que o encantamento alcançou seu ápice e o anão podia ler todas as magias da sala, uma forte dor de cabeça quase o fez perder os sentidos. Eram tantas e tão fortes as magias naquele lugar que ele não conseguia organizar seus pensamentos. Sua mente ardia, como se uma forte luz estivesse entrando direto em seu cérebro. Ajoelhou-se. Respirou fundo, tentava assimilar a inundação de informações.

Por seus ouvidos agora entravam os sons de batalha. Aço contra aço, metal contra carne. Os monges tinham chegado. Protegiam os tesouros que ganharam com o sangue e vidas de outros.

"Levante-se, seu maldito! Seus companheiros precisam de você." Até mesmo pensar essas palavras demandavam um esforço extremo do mago. Ele conseguiu se levantar e usou toda sua concentração e força de vontade para organizar os pensamentos. A dor era insuportável. Os primeiros passos foram terríveis, mas o mago seguiu adiante. As auras foram se acalmando e agora era possível compreendê-las.

Seus olhos percorreram a sala, tonalidades de cores e intensidades de luz eram os indicadores que Drogna precisava para ler o que se passava ali. O mago deixou a razão de lado e seguiu seus instintos. Dentre todas as assinaturas, uma chamou a atenção do anão. Era pulsante e de um amarelo intenso. Os sons de batalha aumentaram. Drogna arrastava os pés em direção à estante com o brilho amarelo. Sentiu o sangue fluir de seu nariz e a dor continuava. Mais alguns passos e o anão conseguiu ver o objeto, era um livreto de capa simples de couro.

Não foi preciso mais nada. Drogna tinha certeza de estar diante do diário. Com uma palavra encerrou o encantamento e deu um alívio para sua mente. Sem a dor suas pernas se moveram mais rápido e finalmente ele segurou o valioso diário em suas mãos. Seguiu diretamente para a passagem criada por seus amigos.

– Penas! – gritou o anão quando saía da sala.

Era o sinal indicando que Drogna tinha atingido seu objetivo. Sem esperar por seus companheiros, o anão começou a subida. Os Penas Prateadas eram duros com relação à sua forma de agir. O objetivo estava acima de qualquer um deles. Por isso, uma vez com o diário em sua posse, os Penas iriam embora e não esperariam por ninguém. Ele estava a meio caminho da subida quando Berzin apareceu através da passagem, coberto de sangue e muito fraco. O elfo só iniciou sua subida quando Gomist o auxiliou. Ao chegar ao topo o anão pôde ver que Erist também já subia. Desta vez, todos os Penas tinham saído com vida.

*
*   *

A chuva tinha parado, mas as nuvens ainda cobriam todo o céu. A pequena embarcação se debatia no mar agitado. No convés apenas Lassin, Gomist e Blaqi que tentava guiá-los em segurança. A elfa tinha ficado encarregada de guardar o precioso diário. O restante do grupo tentava se recuperar da batalha. Durante a fuga até o barco, tiveram que sobreviver por dois encontros com os qenari. Berzin e Solslav por muito pouco não foram encontrar Darkhier no mundo dos mortos.

Lassin segurava o diário em suas mãos. Olhava para a capa

de couro simples, gasta pelo tempo, ainda sem coragem de abri-lo. A imagem do seu marido persistia em sua mente.

— Erist e Drogna já o examinaram — Gomist olhava para as águas escuras do mar. — Não existem armadilhas ou feitiços.

— Eu sei — Lassin tinha lágrimas em seus olhos, — mas e se a resposta não estiver aqui — ela balançou o diário — e se de nada adiantar? Podemos vencer o destino?

O norethang sorriu e olhou para sua amiga.

— Nós somos os Penas Prateadas. Podemos vencer qualquer coisa.

A Ira dos Dragões

Sobre as areias brancas do deserto de Tatekoplan os prisioneiros trabalham pesado com as pás. Os guardas vigiando atentamente e um movimento em falso era o suficiente para usarem seus chicotes. Assim era a vida em uma doomsha, lugares desagradáveis onde o Bruxo colocava seus prisioneiros. Aleatoriamente recolhidos de todos os cantos de Breasal, parecia ser mais uma de suas idéias insanas. Mas funcionava muito bem. Dividindo famílias e amigos, o Bruxo destruía a esperança, criava um terror que constantemente rondava a vida das pessoas. Quem seria o próximo a ser feito prisioneiro?

Longe o suficiente do deserto estavam umas poucas tendas, miseráveis que foram poupados de serem aprisionados nas doomshas. Viviam em relativa paz porque, ao longo de muitos anos de domínio, o Bruxo tinha ganhado confiança e ficara relapso e acomodado, orgulhoso de como mantinha todo o mundo sobre constante terror. Espalhados por Breasal existiam inúmeros acampamentos como este, sempre próximos às doomshas. Em sua maioria eram habitados por parentes, mulheres e crianças que tinham seus pais, maridos e irmãos levados para trabalhar sob o pesado chicote do Bruxo. Seguiam seus entes queridos, na absurda expectativa de que um dia os prisioneiros seriam soltos. Algo que nem mesmo eles acreditavam ser possível.

Uma boa parte da população desses acampamentos era feita de comerciantes. Exploradores do desespero alheio, trabalhavam como contrabandistas, espiões ou qualquer outra ocupação que lhes proporcionasse um bom lucro. A presença de sujeitos desse tipo transformava aquelas tendas em um local perigoso. É preciso estar atento e não deixar que o peguem de surpresa. Não era um lugar dos mais agradáveis para se viver, mas para aquelas pessoas era o único onde a vida era possível.

Ele seguia pelos caminhos estreitos, marcados no chão pelo raspar de muitos pés, usava um pesado casaco para espantar o frio e um capuz para protegê-lo da chuva. Apesar da proximidade do deserto de Tatekoplan o vento frio parecia uma lâmina, sem encontrar um obstáculo à altura para detê-lo. Sentia dores por todo o corpo, mancava um pouco da perna esquerda, a viagem longa começava a mostrar suas marcas.

Apesar de permitir que existissem em relativa paz, o Bruxo mantinha os acampamentos sempre sob vigilância. Grupos de kuraqs armados perambulavam por entre as tendas. No curto tempo que estava ali, ele passou por três destes vigilantes, que o miravam sem desconfiança ou interesse. Mas o mesmo não aconteceu com um humano sujo e encharcado que estava sentado na lama.

– Uma moeda, por favor – o rosto era magro, olhos fundos de fome e a mão ossuda tremia de frio.

– Aqui está meu bom homem – ele colocou uma moeda de ouro na mão do sujeito.

– Que Shuatan lhe proteja – agradeceu.

Com um leve movimento guardou no bolso o pedaço de papel que o humano tinha deixado em sua mão. Seguiu sem olhar para trás. A chuva apertou e ele entrou em uma taverna improvisada em duas cabanas. Sentou-se à mesa e pediu um pouco de cerveja. A bebida veio em uma caneca enferrujada nas pontas e amassada. O primeiro gole confirmou suas expectativas. Uma cerveja aguada e velha. Porém em tempos difíceis como aqueles, era preciso valorizar qualquer coisa.

Bebeu toda a cerveja, pediu mais uma junto com algo para comer e depois que a atendente saiu, buscou o papel em seu bolso. Quem o olhava pensaria que estava apenas admirando a palma de sua mão, afundado em pensamentos profundos. "Barraca solitária. Peça por carne de porco." Eram as palavras escritas em caligrafia apressada e com muitas manchas de tinta. O papel voltou para o bolso.

Enquanto esperava chegar sua comida voltou suas atenções para dois sujeitos sentados em um canto mal iluminado. Desde o momento em que ele entrou, não tiravam os olhos dele. Tentavam disfarçar, mas ele estava consciente do que se passava, bem como sabia que tinha cometido um erro. Não deveria ter lido o papel ali.

Usou a cerveja para empurrar o pão bolorado para o estômago e se levantou. A escuridão ainda não tinha chegado por completo, as sombras se confundiam com a realidade e o mundo lentamente perdia sua exatidão.

Apesar de ser sua primeira visita, conhecia a barraca que a mensagem mencionava. Estava ao sudeste e realmente ficava um pouco mais afastada do acampamento. O caminho estreitava, as barracas próximas e as sombras criavam grandes áreas onde era impossível enxergar. Poderia estar sendo vigiado ou tudo não passava de uma sensação ruim. Tinha certeza de que seus companheiros de taverna estavam perto.

O ataque foi previsível. O primeiro inimigo surgiu por entre duas barracas e o segundo tentou surpreendê-lo por trás. O chute foi certeiro e o joelho do primeiro estalou, um giro rápido e a adaga penetrou no pulmão do segundo, este jamais respiraria novamente. Pisou impiedosamente no joelho quebrado, entretanto os gritos não vieram. Imediatamente abriu a boca do inimigo, mas era tarde demais, a cápsula de veneno tinha sido mordida. O líquido marrom escorreu e as convulsões começaram.

Procurou nos corpos inertes por alguma pista. Alguma explicação que não fosse a mais óbvia. Nada encontrou e evidenciou o que ele mais temia. Eram espiões do Bruxo. Sua ação ali estava exposta e precisava agir rápido. Retirou os corpos do estreito caminho, ajoelhou-se e fez uma breve prece à Nieft. Os andarilhos normalmente rendiam sua fé à deusa dos ventos, pois acreditam que seu destino é como um vento forte, inesperado, incerto, mas sempre segue o caminho possível à sobrevivência.

A escuridão se fazia presente e todas as barracas acendiam tochas na inútil esperança de vencê-la. A opressão criada pelo Bruxo fazia com que a desconfiança estivesse sempre à espreita e, por uma injustiça, a noite é sempre creditada como sua melhor amiga.

Apesar de o céu já estar repleto de estrelas a barraca solitária, como colocava a mensagem, estava agitada. Muitas pessoas perambulavam por ali. Entravam e saíam com pacotes e sacolas. Tratava-se de uma espécie de armazém. Sentou-se em um barril velho e esperou. Permanecia calmo, mas com os sentidos aguçados. Espreitando. Esperando por um sinal de perigo. Tinha certeza de que enfrentaria um contratempo.

O movimento foi cessando à medida que a noite avançava e a barraca agora fazia jus a seu apelido. Uma última vez procurou por algo na escuridão, mas ela nada revelou. Levantou-se, afinal não poderia passar toda a noite sentado naquele barril. Com cautela, mais por mecânica do que por necessidade, ele se aproximou. A luz que saía pela fresta do tecido era fraca e tudo indicava que nenhum movimento acontecia em seu interior. O peso de suas adagas em seu cinto era reconfortante. Entrou.

Um local pequeno e abarrotado de caixas, sacos e outras quinquilharias. Toda a luz provinha de um grande lampião pendurado em um prego. Um balcão improvisado com dois caixotes era o único tipo de mobiliário. Atrás dele estava um humano de barriga larga e barba espessa. Levava apoiadas em sua enorme protuberância estomacal, mãos fortes e calejadas pelo trabalho. Tinha um olhar sereno e receptivo, sem paixão ou chama. Um olhar típico de alguém acostumado a servir, sujeitos cuja única ameaça que se pode esperar é uma malandragem no preço.

– Boa noite, meu gentil senhor – sua voz animada também era oca. – Em que posso ajudá-lo em tão incômoda noite?

– Gostaria de um pouco de carne de porco – ele respondeu secamente.

– Ah, sim – o sorriso sumiu de seu rosto, – devo ter alguma sobra aqui nos fundos. Acompanhe-me.

As palavras e os movimentos eram automáticos. Sem dúvida ensaiados muitas vezes. Contornaram uma pilha de sacos de grãos e o enorme vendedor indicou para que ele se sentasse em uma das duas cadeiras espremidas em volta de uma diminuta mesa. Com as mãos sinalizou para esperar um pouco e sumiu por uma outra porta.

A chuva iniciou novamente e batia forte na lona, o ruído atrapalhava suas tentativas de escutar o que se passava fora da barraca. Batia os dedos repetidamente na mesa, a outra mão repousava no cabo de sua adaga. Estava ansioso.

Era uma sensação que há muito não sentia. Sua falta de reação foi espontânea, outra coisa que há muito ele não fazia, apenas olhava para a figura que andava lentamente e sentava-se à sua frente. Como não percebeu a entrada do gnomo na tenda? Se fosse uma emboscada, certamente estaria morto.

– A chuva é algo maravilhoso, não? – o gnomo puxou a cadeira e se acomodou.

Ele tentou encontrar as palavras para responder, mas a presença de Stenig tinha uma força que ele ainda não sabia controlar. O frágil gnomo sentado à sua frente era um dos Cinco de Tatekoplan. Um dos audaciosos líderes que iniciaram a resistência e apesar da enorme desvantagem, seguia combatendo o Bruxo. Stenig deveria estar preso na doomsha de Tatekoplan, o campo de prisioneiros mais violento de toda Breasal. Ainda assim, ali estava ele. Por isso mesmo com todos os líderes presos em Tatekoplan, a resistência seguia ganhando terreno.

A perda de Maktar foi um golpe violento, porém depois de toda a turbulência era preciso voltar a agir. A guerra se formava e nem o Bruxo ou a resistência tinham o interesse de tentar evitá-la. O confronto era apenas uma conseqüência de tudo que se passava no mundo nos últimos anos. Para os dominados ele tinha vindo tarde demais.

– Tenho pouco tempo – Stenig colocou fartos pedaços de pão velho sobre a mesa, – por isso perdoe minha falta de simpatia e o fato de comer alguma coisa enquanto falo – ele partiu o pão e colocou na boca. – Em Tatekoplan não temos a fartura que se encontra aqui.

Ele apenas acenou com a cabeça e sorriu.

– Minha dívida com você é grande – prosseguiu o gnomo, – suas ações têm sido valiosas para nossa causa. Não pense que não sabemos o que se passa no mundo no exterior dos muros da doomsha – outro pedaço de pão encheu sua boca, – porém a perda de Maktar era algo que nenhum de nós esperava. O vazio que ele deixou será impossível de preencher, ainda assim, deveríamos estar preparados para enfrentar a ausência – pegou uma garrafa de vinho e colocou sobre a mesa, logo depois uma taça de vidro se juntou à bebida e suspirou. – Nunca estaremos, é como se alguém tivesse entrado em nossa alma e levado parte de nossa vontade – Stenig encheu a taça até a borda, – parte, mas não toda.

Os olhos do gnomo ficaram marejados e ele tomou toda a taça com um único gole. Comeu e bebeu novamente. A chuva ainda caía lá fora. Pesada.

– Preciso que me faça um favor, o qual não gostaria de ter que lhe pedir – continuava comendo avidamente o segundo pão, – meu coração deseja que você não o aceite. Que você use uma desculpa, qualquer uma, e diga que não pode realizá-lo. Mas é minha obrigação pedi-lo – tomou mais uma taça inteira de vinho. – Na doomsha de Tatekoplan existe um calabouço, um lugar tenebroso que exala o cheiro do terror. Os calabouços do Bruxo. O lugar para onde o maldito manda à morte seus piores inimigos. Não tenho medo de nada, mas prefiro morrer a ter que estar lá algum dia. Entretanto aqui estou eu pedindo para que você de boa vontade entre lá. Que atravesse seus portões de ferro e desafie a morte.

Novamente Stenig fez uma pausa, alimentou-se e matou a sede. Ele escutava cada palavra do gnomo com sua máxima atenção. Já escutara sobre o calabouço e as terríveis histórias que acompanhavam sua descrição. Nunca tinha pensado que não gostaria de estar lá porque jamais pensou que fosse entrar. Sabia que se um dia fosse preso, sua vida terminaria em uma cápsula de veneno.

– Compreenda, subestimamos o Bruxo. Acreditávamos que nossa habilidade em nos esconder e agir debaixo de seus olhos era muito maior do que a capacidade dele em descobrir algo – terminou o último pão, – com o passar dos anos ficamos confiantes. A morte de Maktar foi a forma mais amarga de descobrirmos que o Bruxo sabe demais e o tempo finalmente encolheu. Maktar por longo tempo planejava conversar com Fahed, quando o momento chegou o Bruxo agiu antes. Hoje Fahed é prisioneiro no calabouço de Tatekoplan. Seu cativeiro é na sala mais profunda – Stenig colocou a garrafa vazia sobre a mesa, – sinceramente não sei se ele ainda se encontra vivo. Ou se sua mente ainda está sã. Mas não temos outra opção a não ser tentar resgatá-lo.

Ele conhecia o nome de Fahed. Um norethang que vivia há muito no Continente. Por razões que ninguém conhecia, Fahed fora nomeado Amigo dos Dragões. Apenas ele e uma lumpa chamada Birgha tinham recebido tamanha honra. Para o Bruxo e os Cinco de Tatekoplan, Fahed era o trunfo para convencer os Dragões a entrarem no conflito. Até aquele momento eles preferiam o afastamento e a neutralidade. Para o Bruxo esta era a situação ideal. Para a resistência os Dragões poderiam significar a chance de vitória.

– Vim até aqui para lhe pedir o seguinte. Salve Fahed das garras do Bruxo. Grannarf concordou em marcar um encontro conosco, desde que Fahed esteja presente. Talvez seja a oportunidade que esperávamos para convencer os Dragões a se juntarem a nós – Stenig retirou um pergaminho de suas vestes e colocou sobre a mesa. – Caso aceite, saiba que nossas preces estarão com você.

O gnomo se levantou e saiu para a chuva que ainda caía. O papel repousava sobre a mesa.

*
*   *

Esfregava seus olhos irritados por causa da areia. Tentava se proteger de todas as maneiras, mas contra o vento seco não se podia fazer muito. As mãos estavam ressecadas, a boca partida e os pés coçavam como demônios. Agora ele compreendia a alegria de Stenig ao sentir a umidade da chuva.

Buscou o pergaminho em seu bolso, era a terceira vez que mirava as linhas fracas, mas persistentes, que estavam desenhadas ali. Seguia acreditando que ali poderia estar o detalhe que o condenaria ou o salvaria. Não seria surpresa se o gnomo tivesse conseguido o mapa com um dos carcereiros que trabalhavam no calabouço. A troca de favores entre prisioneiros e guardas era uma prática comum. Stenig deve ter gastado uma pequena fortuna. Mas ele sabia que todos têm seu preço.

Andando no Sol escaldante só conseguia pensar se aquelas linhas representavam as sólidas paredes do calabouço e poderiam lhe dizer o caminho seguro. Agora era tarde demais para desistir, tinha dado sua palavra e restava seguir em frente.

Um grande muro circundava toda a doomsha. Era dividido em partes independentes que se encaixavam por peças grossas de metal. Desta forma o muro, com muito esforço dos prisioneiros, poderia ser expandido ou reduzido de acordo com a necessidade. No caso de Tatekoplan, sempre expandido. O número de prisioneiros crescia quase todo o dia. A cena mais comum ali eram carroças que vinham de toda Breasal repleta de inocentes, nenhum deles era perigoso ou tinha cometido um crime. Agricultores, comerciantes, pais de família, não importava. Para o Bruxo era importante espalhar o terror, quebrar a vontade das pessoas arruinando seu cotidiano. A solidão é o maior inimigo que alguém pode ter. Os módulos do muro consistiam em uma moldura de pedras cujo interior era completo com barras de ferro colocadas ao lado uma da outra com um espaçamento mínimo. Isso era feito para permitir que a areia passasse e não se acumulasse ao longo dele.

Ele estava no alto de uma duna e conseguiu ver toda a extensão da doomsha. Centenas de grandes tendas, separadas entre homens e mulheres, velhos e crianças, estendiam-se até o horizonte. Como uma floresta que segue até, para nossos olhos, encontrar o céu. Ao lado direito, estava uma construção de pedra com uma torre solitária. Seus olhos repousaram ali e não conseguiam olhar para outro lugar.

A pedra clara estava castigada pela chuva de areia que lutava contra ela todo o dia. As beiradas arredondadas davam um aspecto suave, diria até simpático, para o lugar. As janelas eram grandes, provavelmente um erro do projeto, mas as pesadas grades de ferro não deixavam quase nenhum espaço para a luz ultrapassar. Dois andares onde, segundo o mapa, estavam os refeitórios, dormitórios e depósitos de armas dos kuraqs encarregados da guarda. Entrando pela porta principal, dez passos à direita, estava a escada que garantia acesso às galerias.

Uma grande escada em espiral, com degraus largos e irregulares, levava ao subterrâneo. Não é possível precisar quantos andares seguem para as entranhas da terra. As galerias foram construídas à medida que a necessidade se fazia. Os próprios prisioneiros, munidos de picaretas e pás, cavavam novos espaços e celas. Não existia nenhum tipo de planejamento, era um tipo de construção comum nos dias antigos. Simplesmente continuavam trabalhando, tirando a pedra a esmo e seguindo a direção que bem lhes convinha. O resultado é um emaranhado de túneis irregulares que criam a ilusão de um labirinto. Algo conveniente para calabouços e extremamente eficaz contra fugas.

Sem uma direção, seria praticamente impossível alguém sair sem a devida permissão. Mesmo os guardas que trabalhavam há pouco tempo precisavam pedir informações para os companheiros mais experientes.

Além do calabouço, a maior preocupação que ele tinha era de se aproximar da doomsha. Inúmeras torres patrulhavam toda a extensão do muro. Cada torre tinha dois guardas, com bestas de grande alcance e um sistema de alerta com lampiões. Porém o grande obstáculo era o deserto. O terreno ao redor da doomsha era plano. Um grande espelho de areia onde qualquer um seria visto a uma grande distância. A solução mais lógica seria usar a noite. Uma escuridão tão densa que é impossível ver sua própria mão diante dos olhos. Mas, como dizem as velhas curandeiras, a escuridão é amiga do perigo. E a escuridão do deserto de Tatekoplan não poderia ser diferente. Bestas terríveis habitam as areias e quando o Sol não está presente elas despertam, à espreita de um viajante descuidado. Se você afundar sua mão na areia do deserto, certamente irá se deparar com os restos de uma das vítimas destes animais. A melhor arma contra eles é também o maior aliado dos guardas da doomsha. O fogo.

O som de animais berrando e o chicote contra a carne fizeram com que ele corresse para seu esconderijo. Um buraco revestido com um grosso couro de animal e alguns pedaços de madeira. Com o auxílio das mãos jogou areia por sobre o couro e sumiu. O calor do deserto é impiedoso, tinha um cantil de água e podia resistir por um curto tempo. Um longo período seria fatal.

Duas carroças passaram a poucos passos dele. Guardas a cavalo escoltavam os prisioneiros. Todos da raça Kuraq, a única que estava ao lado do Bruxo. Seduzidos por suas promessas vazias executavam suas ordens sem questionar. Os cavalos reclamavam, mas os condutores os castigavam com chicotes e eles seguiam. Assim foram, desafiando a areia.

Por seu rosto escorria o suor, suas roupas estavam encharcadas e a água quase acabara. Porém ele sorria, pois ali ele descobriu como enganaria as bestas e os guardas da doomsha. As carroças se foram, ele pulou para fora do buraco e agradeceu por uma leve brisa bater. Ficou imóvel por um instante, sentindo o alívio em sua pele e as forças voltarem.

A noite se aproximava e ele tinha muito por fazer. Retirou o couro e a madeira do buraco e tentou limpá-los, verificou sua provisão de água e o funcionamento do lampião. Usou sua adaga para cortar tiras do couro, não muito finas, e depois as trançou para fazer uma corda. Com a madeira e a corda começou a construir uma estrutura um pouco maior que um barril. O Sol escorregava do céu rapidamente enquanto ele cobria a estrutura com o couro. Ficou muito parecido com o casco de uma tartaruga. Colocou o cantil e o lampião no interior do casco e entrou.

O espaço era convenientemente diminuto, o lampião e seu próprio corpo criavam o calor necessário para espantar as bestas do subterrâneo. O couro era a camuflagem perfeita para enganar os guardas da doomsha. Entretanto o progresso era lento, carregar a estrutura e o lampião faziam com que sua locomoção exigisse grande concentração e movimentos precisos.

O Sol retornava timidamente no horizonte quando ele chegou ao muro, porém a escuridão era suficiente para que ele pudesse pular sem ser visto. Antes desmontou o casco e o enterrou na areia. Tinha outros planos para o caminho de volta.

Os prisioneiros não usavam nenhum tipo de identificação ou uniforme. Em sua maioria estavam com roupas rotas e sujas. Para os guardas, qualquer um que não fosse kuraq, era prisioneiro, tamanha confiança tinham em seu sistema de vigia que era impensável alguém estar ali sem o consentimento deles. Além do mais o sujeito precisaria ter uma razão maluca para estar em uma doomsha sem ser obrigado. Não foi difícil entrar em uma das tendas e dormir com os outros, como se fosse um prisioneiro qualquer.

Pela manhã foi acordado com um chute e ordens aos berros por um grupo de kuraqs fedorentos. Recebeu um mingau aguado de refeição e depois seguiu com um grupo para trabalhar. Nem mesmo os prisioneiros estranharam sua presença, a circulação de pessoas era grande e os guardas tinham ordens para constantemente trocar os prisioneiros de lugar. Havia um rodízio nas tendas. Uma fraca tentativa de evitar que laços se formassem. A resistência contra o Bruxo era a maior prova da ineficácia de tal ação.

Passou todo o período da manhã movendo areia. Onde o vento tinha formado dunas, seu grupo seguia com pás para nivelar o terreno. O Sol castigava a todos e apesar de estar claramente mais bem nutrido que os outros, o desgaste que sofria era quase insuportável. Depois de trabalhar quase sem nenhum descanso, seu grupo foi levado para uma tenda maior, de fato a maior do acampamento. Foi ordenado que eles se sentassem no chão, pratos foram distribuídos e logo depois passou um kuraq gordo, difícil de ver alguém desta raça com tamanha barriga, enchendo os pratos com uma sopa cujo único jeito de comê-la é desconhecer seus ingredientes. Sua cabeça parecia que ia explodir tamanha era a dor que sentia e jamais ele imaginou que o simples fato de estar na sombra pudesse representar tamanho alívio. Depois das primeiras colheradas ele sentiu sua força de vontade restaurada e pôde realmente ver onde estava. Vários grupos arrumados em pequenos círculos eram servidos pelo kuraq gordo. De repente viu não muito longe de onde estava, Stenig. O gnomo tomava tranqüilamente sua sopa. A seu lado estava um humano, cabelos e barba escura, um anão com os cabelos raspados e um elfo de longos cabelos cor de fogo. Os quatro membros restantes dos Cinco de Tatekoplan. Cada um com sua sopa, almoçando serenamente no mais temido campo de prisioneiros, cercados por centenas de kuraqs que poderiam matá-los a qualquer momento. Os líderes, a esperança de todo um mundo de se libertar da tirania do Bruxo. Quando o Bruxo soube que Maktar, o quinto membro do grupo, estava em Tatekoplan, o pobre lumpa foi morto friamente na frente de todos. A vida daqueles quatro sujeitos dependia da lealdade de pessoas como ele. Se alguém revelasse quem eles realmente eram, o que eles representavam, estariam mortos antes de dar a próxima colherada.

*

*   *

Olhou para o prato quase vazio com a sopa, era o terceiro dia que estava na doomsha e seu corpo já começava a dar sinais de um cansaço contínuo e fraqueza. Não poderia esperar mais, já tinha estudado o suficiente da rotina e segurança do lugar. Estava pronto para agir. A primeira coisa era tentar conversar com Stenig, mas o gnomo estava em uma animada conversa com seus amigos. Eram os únicos que tinham o semblante alegre entre as centenas que se alimentavam tentando escapar do calor. Não arriscou olhar novamente para o grupo, não queria chamar a atenção de ninguém para Stenig.

O gosto da sopa permanecia em sua boca, um gosto amargo,

mas que naquele momento tinha uma sensação maravilhosa. Levantou-se e surpreendeu-se com o esforço que teve que fazer. Com o prato na mão caminhou lentamente até o kuraq gordo. Estendeu o prato em sua direção.

– Eu quero mais um... – não conseguiu terminar a frase. O chicote desceu com tamanha força em suas costas que ele caiu.

Entre os pés dos três guardas que castigavam suas costas com chutes, ele pôde ver que os quatro líderes olhavam a cena. Um pouco antes de a dor ficar tão forte e ele perder a noção do que acontecia à sua volta, percebeu que Stenig acenou levemente com a cabeça. O gnomo sabia que ele estava ali. Abandonou sua vontade e desmaiou.

– Por uma enorme coincidência, estou encarregado dos feridos hoje – Stenig sorria, – fico feliz e temeroso que tenha aceitado meu convite.

Suas costas ardiam. Porém a dor era uma companheira que ele estava acostumado a ter. Sentou-se na cama dura em que estava. A palha que servia de colchão estava encharcada com seu sangue.

– Por que não foge? – era a pergunta que martelava sua cabeça desde o primeiro instante que sentiu a impiedade do Sol. – Você poderia facilmente sair daqui.

– É verdade, eu poderia – o gnomo preparava bandagens para os ferimentos, – mas estando aqui, convivendo com estas pessoas, sofrendo com eles, é de onde tiro minha força para combater o Bruxo. Não pense que eu ou os outros temos algo a mais – Stenig indicou para que ele levantasse os braços. – Se não estivéssemos aqui, nos acomodaríamos, tentaríamos viver da melhor forma longe disso tudo. Mas aqui, nossa vontade se alimenta, cresce e descobrimos a coragem necessária para tentar alguma coisa.

As bandagens foram molhadas em algum tipo de solução e mecanicamente o gnomo começou a passá-la em volta do corpo do ferido que tinha desafiado o cozinheiro Gnar, pois este era o nome do kuraq gordo.

– Além do mais – prosseguiu o gnomo, – aqui temos o melhor esconderijo que poderíamos pensar. Mesmo com a descoberta da presença de Maktar, o Bruxo jamais iria imaginar que estamos tão perto. Bem debaixo de seu nariz. E a minha presença mostra que temos uma certa liberdade.

Com um fio, Stenig costurou a bandagem para garantir que não fosse cair. A sensação fria que o curativo proporcionou o fez esquecer da dor para logo depois sentir uma dor lancinante.

– Ah, vejo que já está fazendo efeito – falou diante da careta dele, – logo passa. É preciso piorar para melhorar.

Com muito cuidado Stenig olhou para os lados. O guarda encarregado pela enfermaria conversava com outro kuraq que por ali passava. O gnomo se aproximou e seu semblante estava sério.

– Precisa de alguma coisa? – sussurrou.

– A ação será hoje à noite – ele disse. – Seria bom se um pouco antes de o Sol nascer, os guardas estivessem ocupados com alguma coisa. Preciso sair rapidamente daqui.

– Dou minha palavra que eles terão bastante com que se ocupar – o gnomo colocou a mão em seu ombro esquerdo, – na direção em que minha mão está você encontrará dois bons cavalos. Com água e provisões – uma nuvem de preocupação passou pelo rosto de Stenig. – Não olhe para trás. Não importa o que aconteça, não se importe com o que passa aqui, sua missão é levar Fahed até o encontro. Nada mais.

– Onde será o encontro?

– Fahed lhe dirá. Somente os amigos dos Dragões sabem. O mesmo local sempre é usado quando um encontro se faz necessário. Confie nele.

Ele confiava acima de tudo em Stenig e assentiu diante das palavras firmes do gnomo.

– Que os Deuses estejam com você.

O gnomo se afastou quando o guarda se aproximou.

– Já está bom para o trabalho! – Grunhiu o kuraq.

Ele voltou para seu grupo e passou o resto do dia levando pedras que seriam transformadas em novas partes do muro. Suas feridas incomodavam um pouco, mas o curativo de Stenig era eficiente. Quando o Sol escorregou para fora do céu e a Lua tomou seu lugar, eles voltaram para a grande tenda. Os Cinco de Tatekoplan não estavam lá. Ele se alimentou e foi conduzido para outra tenda onde deveria dormir e o fez rapidamente.

A espera tinha acabado, finalmente ele poderia agir.

Possuía uma capacidade incrível de controlar o sono. Podia dormir o tempo que desejasse. Por isso dormiu aquela noite, recuperou suas energias e acordou exatamente no momento que precisava. O silêncio era absoluto. Rastejava lentamente, confundia-se com as sombras até chegar à beira da tenda. O guarda não esperava que depois de uma jornada árdua alguém estivesse acordado. Fazia uma vigia relapsa e não viu quando ele abriu a tenda e saiu. Ele respirou fundo e sentiu o vento frio do deserto bater em seu rosto.

Tochas estavam espalhadas por todos os lados, não apenas para garantir a vigilância, mas também para espantar as bestas que vivem sob a areia. Uma luz bruxuleante faz com que as sombras ganhem vida e ao sabor do vento dancem pela noite. Ele conhecia esta dança com perfeição e andar em tais condições para ele, era como andar na própria casa. Seria visto apenas se assim o quisesse.

Afastado da tenda empurrou a areia para o lado e desenterrou suas coisas. Pegou armas, algumas ferramentas e uma mochila. Seguiu para o calabouço. Durante todo o tempo que viajou até Tatekoplan olhara o mapa a todo instante e agora o desenho estava gravado em sua mente. Tudo estava preparado.

Ao portão do calabouço dois sujeitos estavam postados, lanças na mão lutando contra um sono que se mostrava um adversário poderoso. Ele esperou por um instante, ninguém passou por ali. Achou estranho que não existisse algum tipo de controle sobre os vigias. Uma falha grave, mas não era a primeira que ele havia encontrado. Talvez o Bruxo estivesse confiante demais, de qualquer forma precisava agir. Seguiu pelas sombras e com facilidade chegou ao lado de um dos guardas. Estava tão perto que podia escutar o coração do kuraq batendo. No salão de entrada outro guarda fazia uma ronda muito a contragosto. O espaço era grande e o tempo que ele levaria para passar novamente pelo portão era mais que suficiente. Assim que pôde ver as costas do vigia, agiu.

A primeira adaga voou na garganta do kuraq da esquerda e antes que o outro pudesse reagir sua garganta também foi cortada. Puxou os corpos para dentro do salão, com passadas largas alcançou o vigia prestes a se virar e com o cabo da adaga golpeou sua cabeça. O kuraq caiu desacordado no chão. Atravessou o salão correndo e chegou à escada que levava para as galerias. Pulou os degraus com adagas em punho, não hesitaria em usá-las em qualquer sujeito que ficasse em seu caminho. A escada terminava em um túnel escuro e todo irregular. Teto e paredes variavam de tamanho a todo o momento e as tochas que o iluminavam eram espaçadas criando pequenas áreas escuras ao longo de todo o túnel.

O caminho a percorrer era relativamente simples, descer trinta passos, virar à esquerda e depois à direita. Fahed deveria estar na segunda cela à direita. Pessoalmente ele teria escondido o amigo dos Dragões na cela mais profunda e com o maior caminho possível para se percorrer. Mas não se surpreenderia se eles não soubessem a importância do prisioneiro. Afinal, estávamos falando de sujeitos que tinham em seu poder seus maiores inimigos e ignoravam completamente tal fato.

– Ela não disse nem uma palavra desde que chegou – falou um dos guardas.

– Uma mulher forte, mas não fará nenhuma diferença – o outro limpou o nariz com as costas da mão – morrerá como os outros.

– Não antes que Svrel volte de...

Novamente as adagas trabalharam rápido e nenhum som ecoou pelos túneis. Os guardas estavam mortos. A cada cela que passava escutava murmúrios, pedidos sussurrados de socorro. As paredes, chão e teto estavam escorregadios, alguma coisa deixava o ar pesado. Incômodo. A todo instante, gotas caíam contra a rocha, um som que perturba. Incomoda por demais. Mecanicamente começou a enumerar as gotas. Era uma mania sua que quase lhe custou a vida.

Foi preciso apenas um instante de distração para que não reparasse no kuraq escondido em uma reentrância da rocha. O golpe foi rápido, mas não o suficiente para ele. Assim que percebeu a lâmina se aproximando pulou para o lado e tudo que o inimigo conseguiu foi cortar-lhe superficialmente. Um golpe preciso e o kuraq caiu sem vida no chão de rocha. Amaldiçoou-se por ter cometido aquele erro bobo. Entretanto não conseguia desviar sua mente das gotas. Aquele barulho repetitivo era mais forte que ele.

Por sorte ou ajuda dos deuses, chegou sem mais surpresas à cela de Fahed. À medida que descia, o ar ficava denso e era difícil respirar. Seu rosto estava molhado de suor e a boca seca. O ferimento sangrava um pouco, mas não chegava a incomodar. Suas costas eram um pouco mais preocupantes, o curativo de Stenig começava a perder sua força e a dor voltava. Tomou um longo e refrescante gole de água. E voltou suas atenções para a cela.

A cela ficava às escuras, as grades que restringiam seu ocupante estavam enferrujadas, algumas partes até cobertas por musgo. De seu interior nenhum movimento surgia. Ele se aproximou da porta, buscou a ferramenta certa e em um piscar de olhos o almejado clique. Puxou a porta e um leve arranhado, um protesto pela liberdade criada, pôde ser ouvido. Ainda assim, apenas a estática escuridão. Entrou. Andava por um chão imundo, o cheiro de mofo era quase insuportável. Em um dos cantos estava um amontoado de palha podre, sobre ela estirado um corpo.

Aproximou-se cauteloso, a possibilidade de Fahed estar morto não causou nenhum impacto nele. As condições eram terríveis e sobreviver ali era extremamente difícil. Para alívio do resto do mundo, o sujeito respirava. Nada mais que um suspiro de cada vez. Porém vivo.

Ajudou Fahed a se levantar. Nenhuma força restava ao Amigo dos Dragões. Suas pernas não firmavam e sua mente estava na escuridão. Era preciso carregá-lo. Ele colocou Fahed nos ombros, como um cachecol. Estava magro e seu peso não era grande, mas o sujeito fedia mais que um chiqueiro. Aos primeiros passos pôde escutar uma grande explosão, seguida por gritos de alerta que ecoaram por toda a galeria.

Stenig entrava em ação.

Seus olhos sofreram com a luminosidade. Todas as tendas estavam em chamas. Prisioneiros eram massacrados pelos guardas. Correu por entre o fogo, caos e sangue até o lugar indicado por Stenig. As montarias estavam lá. Colocou Fahed atravessado no lombo da égua, como um saco de grãos, e montou. Conduzia os dois cavalos à velocidade que conseguia. O Sol começava sua escalada no céu acompanhado por colunas de fumaça negra. A doomsha de Tatekoplan ardia. Agora ele via tudo já à distância, em segurança.

*
*   *

Há quatro dias viajavam para o Leste. Apesar do trecho longo, Fahed ainda sentia a força da luz do Sol em seus olhos. Seu corpo magro e fraco apresentava as marcas dos maus tratos da prisão. Cicatrizes que sairiam com o tempo, mas outras marcas, mais profundas, cravadas na mente do humano, dificilmente desapareceriam.

Não acreditava que seriam ameaçados, por isso tinha paciência e parava sempre que Fahed requisitava. O Amigo dos Dragões fazia isso levantando seu braço, desde que fora libertado de sua cela não pronunciara nenhuma palavra. Ele aproveitava estas paradas para ler um pouco, sempre que estava em viagem levava um livro. Grandes aventuras e relatos históricos eram seus preferidos. Com seu cachimbo em uma das mãos e o livro na outra, terminava o capítulo XVI quando seus ouvidos desviaram seus olhos das páginas.

Cavalos, sete deles corriam através da planície que leva ao velho Durin. Rapidamente apagou seu cachimbo, largou o livro na relva e subiu a pequena colina de rocha nua. À distância seus olhos confirmaram o que seus ouvidos já sabiam. Sete pontos coloridos avançavam rumo ao Leste e a velocidade fazia com que os mantos coloridos, cada cavaleiro com uma cor, quase fossem levados pelo vento. Não foi preciso o reflexo do Sol, causado pelos pesados elmos, para ele saber que os cavalos, bem como os cavaleiros, trajavam pesadas armaduras. Pois a pompa, até mesmo os elmos levavam penas com cores combinando com o resto do traje, o número sete e a prepotência indicavam que ali estavam os Hantsaq, a guarda de elite do Bruxo. Poderosos guerreiros que detinham a plena confiança de seu mestre.

À frente deles vinha Svrel, humano de Golloch conhecido como o Terror Silencioso. Assassino de centenas, para ele a morte era apenas uma conseqüência e um dever para com os mais fracos. Matava sem misericórdia ou hesitação. Por onde Svrel passava tudo o que restava era o silêncio da morte.

– Estão atrás de nós – a voz de Fahed falhava a cada palavra.

– Não – ele respondeu sem tirar seus olhos dos Hantsaq – Svrel procura por dragões.

– Como você... – antes que o humano pudesse terminar sua frase tinha uma lâmina encostada em seu pescoço.

Com seu joelho ele pressionava o peito do Amigo dos Dragões e sua adaga estava pronta para entrar em ação.

– Primeiro, porque os Hantsaq levam longas lanças – sua voz trazia um tom de raiva, – eu diria que são armas de quem está atrás de presas grandes, não? – Ele aumentou a pressão sobre o peito de Fahed que se debatia. – Segundo, porque você abriu a sua maldita boca e traiu Stenig.

O horror tomou conta dos olhos de Fahed. Tentou se livrar de seu captor, mas este conseguiu neutralizar todas as suas tentativas de fuga.

– Não vai me perguntar como eu sei disso, Amigo dos Dragões? – Jogou as palavras com ironia no rosto de Fahed. – Parece que agora sua língua está tímida, entretanto ela estava bem animada quando contou ao Bruxo sobre os planos de Stenig.

A adaga pressionou o pescoço de Fahed até que um fio de

sangue fluiu. A respiração era pesada e seus olhos estavam cheios de lágrimas de vergonha, mas o Amigo dos Dragões permanecia em silêncio.

– Há dois dias acompanho o movimento de Svrel e seus assassinos. Agora sei que eles estão rumando para o local do encontro com os dragões – ele sorriu, – na direção que você disse para eles seguirem. Seus descansos eram nada mais que um patético artifício para nos atrasar. Antes de você me dizer para onde o sujeito está indo, quero saber o porquê.

Fahed relaxou. Seus braços e pernas ficaram inertes e a vontade deixou seu corpo. De seus lábios um sussurro: "Shezrad".

– Mate-me – disse com firmeza. – Não tenho motivos para continuar. Perdi minha dignidade. Tudo que me restou é o amor de uma mulher morta.

Ele libertou o Amigo dos Dragões e ficou de pé ao seu lado. Não tinha intenção de matar um sujeito que não resistiu à força do sentimento mais primitivo que temos. O amor. Uma força que nos aproxima dos animais. Compreendia que Fahed traíra Stenig e junto com o gnomo todo o mundo em nome do amor por uma mulher. Alguns chamariam isso de romântico, para ele era uma fraqueza traiçoeira e difícil de evitar. E o Bruxo ficou conhecido por explorar as fraquezas de seus inimigos.

– Levante-se e me leve até Grannarf – ele guardou sua adaga. – Acredito que Shezrad esteja viva.

Foi como se a vida tivesse sido soprada para o rosto de Fahed. Seus olhos sorriam enquanto avançava sobre ele. O Amigo dos Dragões o segurava pelas vestimentas.

– Onde ela está? – ele gritava – Maldito! Diga-me onde ela está!

Não se pode dizer que ele tratava a situação com frieza ou indiferença. De fato, apesar de ter consciência de que era errado, sentiu um misterioso prazer em ter o controle sobre a vida de alguém. Sentimento que não tentava oprimir e de certa forma alimentava com ternura. Por isso sua próxima frase soou melodicamente em seus ouvidos.

– Leve-me até Svrel e ajudarei você a libertá-la – ele lembrou-se dos guardas em Tatekoplan conversando sobre a corajosa prisioneira.

Estas palavras causaram dor em Fahed, mas o amigo dos Dragões acusou o golpe com coragem e soltou seu companheiro. Se é que esta relação é a correta. Em completo silêncio seguiu para seu cavalo. Derrotado e tomado pela vergonha por mais uma vez sucumbir a promessas vazias. Um coração apaixonado é um coração à deriva, jogado ao bel prazer de lá para cá. Dizem os bardos.

*
*   *

Retomavam a cavalgada depois de uma breve refeição. Ele sabia que Fahed queria matá-lo e o ódio para com ele era grande, mas também sabia que enquanto estivesse viva a esperança de rever sua amada, Fahed não faria nada contra ele. Pelo contrário, faria tudo que ele quisesse e ordenasse. Ele que não muito tempo atrás tinha sido seu libertador era agora seu carrasco. A vida sempre nos lembra que nosso destino está nas mãos de desconhecidos e os verdadeiramente livres são os que fazem seu destino.

– Qual o seu nome? – perguntou Fahed depois de uma longa ausência de palavras.

– Não é de seu interesse.

– Não tenha medo de me revelar sua identidade – completou com ironia, – neste momento não sou nenhuma ameaça.

– Escolha suas palavras com cuidado e não confunda medo com necessidade – ele seguiu sem olhar para o interlocutor. – Para o trabalho que realizo, o anonimato é um aliado importante.

– Ou um esconderijo cômodo.

Urros ecoaram pela planície e a resposta para esta acusação teria que ficar para um outro momento. Os chicotes desceram sobre os cavalos e os animais aumentaram o ritmo. Contornaram uma colina de rocha nua e alcançaram um pequeno vale. Uma reentrância na planície. À frente estava um magnífico dragão, suas escamas lembravam o cobre e reluziam sobre o Sol forte daquele dia. Uma poça de sangue acinzentado crescia à medida que o líquido fluía para fora do corpo do animal. O verde da grama contrastava com o azul de um dos cavaleiros do Bruxo. Mais adiante outros dois hantsaq jaziam mortos na grama.

No centro do vale existia uma pequena plataforma, era como se os Deuses tivessem criado um palco para grandes atos. E era exatamente o que tomava lugar ali, pois sobre esta elevação estava Grannarf, o mais poderoso dos Dragões. O animal urrava e cuspia seu fogo contra Sverl. O líder dos Hantsaq demonstrava nenhum medo enquanto investia sobre Grannarf. Lança em punho e o vento levando suas vestimentas vermelhas. Era o embate de dois grandes guerreiros. O dragão estava na beirada, parecia inesperadamente encurralado.

– Não!

O brado de Fahed foi o que levou Svrel ao erro, pois seu golpe era certeiro. A voz de um traidor é algo que transtorna qualquer um. Até mesmo o Terror Silencioso. Grannarf golpeou a lança, mas o humano assimilou o golpe e não perdeu sua arma. Porém, estava sozinho, e mesmo sendo um valoroso combatente, nenhum homem pode vencer um dragão. Svrel teve sua chance e a perdeu. O segundo golpe do dragão foi contra a montaria de seu inimigo, o pobre cavalo morreu instantaneamente. Svrel caiu com violência no chão.

– Está acabado – ele sussurrou.

O Terror Silencioso rolou por sobre seu próprio ombro, quando se colocou em pé tinha sua espada na direita e o escudo na mão esquerda. Ele não acreditava em seus olhos, pois era impossível ser tão rápido, mas foi o que aconteceu.

Grannarf cuspiu seu fogo, mas Svrel o repeliu com o escudo. A espada atingiu o corpo do dragão e o sangue jorrou. Era impossível, o humano estava resistindo. O escudo de Svrel repeliu outro golpe e com passos firmes o líder dos Hantsaq se aproximava de seu alvo. O coração de Grannarf. A distância entre os combatentes era de apenas dois passos.

Os dentes cravaram fundo no escudo e a última proteção de Svrel foi arrancada de suas mãos. O humano atacou o rosto do dragão, o golpe encontrou novamente seu alvo e Grannarf jogou sua cabeça para trás oferecendo seu peito para Svrel. O ataque foi rápido e agora eles estavam perto o suficiente da luta para ver que a espada do humano perfurou as escamas douradas. O dragão urrou e golpeou com sua pata seu adversário. As garras destroçaram a pesada armadura e a carne de Svrel.

O Terror Silencioso caiu para nunca mais se levantar.

Fahed pulou de seu cavalo e correu até o dragão ferido. O animal repousava a cabeça na grama e sua respiração era profunda. Ali o gramado também começava a ficar manchado pelo sangue acinzentado.

– Meu amigo, não nos deixe – suplicou Fahed ajoelhado ao lado do dragão. – Seja firme.

– Nunca mais dirija a palavra "amigo" a mim – sentenciou Grannarf para desgraça de Fahed, – a espada de Svrel não foi fundo o suficiente e não será desta vez que cairei pelas mãos de um humano – completou.

O dragão respirou profundamente e voltou seu único olho para ele, o direito fora rasgado pela espada de Svrel e era apenas uma mancha de sangue.

– Leve este traidor daqui e diga para Stenig que o Bruxo acabou de ganhar novos inimigos – Grannarf virou-se para seu companheiro morto.

Ele sorriu. Em sua volta para Tatekoplan carregava as palavras que trariam novas esperanças para os povos de Breasal, uma chance para derrotar o Bruxo. Admirava o tormento nos olhos de Fahed e, apesar de o norethang não merecer, ele faria de para tirar Shezrad das garras do inimigo e assim dar uma alento ao desespero de Fahed. Não cabia a ele decidir sobre o destino de uma vida, mas se estava ao seu alcance ajudar, sentia que era sua obrigação fazê-lo.

As casas eram de madeira simples como a vida de seus habitantes. Jamais os acontecimentos que eram vivenciados ali nas estreitas ruas de barro tinham ultrapassado o bosque e a colina que delimitavam a vila. E provavelmente assim a vida no pequeno povoado continuaria. Alheia ao resto do mundo.

Costumava sentir-se seguro ali. Era sua casa e deveria ser o seu destino viver e morrer naquela região. Porém a chegada da Água Negra mudou tudo. Como nuvens de uma imprevista tempestade eles vieram de repente, sem aviso, e o povoado foi tomado pela escuridão. Talvez algum dia a escuridão deixe aquele lugar, mas jamais ele será o mesmo.

Abriu os olhos e as casas simples e ruas de barro sumiram. Suas lembranças desapareceram. O sangue fazia estranhos desenhos na água lamacenta do pântano e a mente de Labarist deixava o sonho e retornava para a realidade. A cauda do monstro ainda enrolada em seu corpo. Os ferimentos começavam a gritar por sua atenção, causando dores terríveis. A água fria gelava seus pés e ela também causava uma dor incômoda.

A luta exigiu todas as suas forças, mas tinha vencido. Depois de cada vitória ele era tomado por uma ausência de emoções, lutar era algo mecânico. Não importava o desfecho. A busca de Labarist era algo apenas para o seu coração e vitórias e derrotas não importavam. Uma história que estava escrita em suas cicatrizes e vivida pelo seu amor.

Saiu do pântano, repousou sua espada no chão e lentamente começou a puxar o monstro para fora da água. Segurava firme na cauda e dava puxões ritmados. Aos poucos o corpanzil foi tomando o pequeno espaço de terra. Uma ilhota no meio do pântano de Ordobar. Os braços doíam e a respiração era difícil. Labarist arfava e muitos teriam desistido da tarefa, mas não ele. Labarist sempre seguia em frente.

Ao final o monstro quase ocupava toda a ilhota. A língua bifurcada caindo pela boca repleta de dentes escuros e afiados. Os olhos lembravam a Lua quando estava em sua menor forma, apenas dois riscos curvados, no centro um ponto vermelho opaco. Uma criatura bela, sob o Sol suas escamas alteravam de cor entre um verde vivo e um azul acinzentado. Labarist segurou-a pelas patas e girou a carne sem vida até o ventre estar para cima.

Não recordava quantas vezes tinha realizado aquelas mesmas ações e não se preocupava em contar. Repetiria todas as vezes que fosse necessário. Ajoelhou-se e recitou uma breve prece, pedindo para que os deuses olhassem por sua causa e que o destino lhe trouxesse o seu prêmio, seu objetivo, sua vida. Com uma surpreendente ternura Labarist cortava a carne. A espada passou por toda a extensão do ventre do monstro, sangue fluiu pelo corte e manchou a terra clara da ilhota. A espada retornou ao chão e com indiferença o guerreiro usou as mãos para retirar as entranhas da criatura. Aquele cheiro podre, de morte, lembrou-lhe de sua infância, quando ajudava o pai no sustento da família pescando e limpando peixes. Uma recordação que não combinava em nada com o que tomava lugar ali. Labarist tinha os braços avermelhados de sangue, a ilhota tomada por entranhas esbranquiçadas e um pus que exalava um horrível cheiro. Nada o perturbava. Seus braços sumiam no interior do ventre do monstro e trabalharam até que nada mais restasse.

A primeira vez que Labarist fez tal coisa e sua busca tinha falhado, sua fúria foi incontrolável. Amaldiçoou deuses e o mundo, urrava como um louco, revirava o ventre vazio da criatura. Isso tinha acontecido anos atrás. Hoje, com o monstro de Ordobar, nem mesmo um suspiro. O coração começava a se conformar com seu destino.

– Isso aí não é bom, não – uma voz alegre surgiu. – Já experimentei e não consegui nem repetir o prato.

Labarist se virou e viu uma figura subindo na ilhota. Um elfo arcado pelo peso dos muitos anos que seus olhos já tinham visto. Vestia roupas leves e tinha a pele queimada pelo Sol que sempre brilhava forte no pântano.

– Tente os peixes – completou o elfo, – são mais saborosos e menos perigosos.

– Obrigado – Labarist sorriu com a idéia de sugerirem para ele pescar.

– Se estiver com muita fome convido-o para vir até minha cabana – o elfo olhava com desconfiança para as entranhas, – tenho um pouco de peixe e vinho.

Os dois seguiram em silêncio, o elfo à frente, levava um cajado de madeira um pouco mais baixo que ele próprio e o usava para cutucar o pântano. Desta forma conseguia evitar os "olhos do pântano" como costumam chamar. Em algumas áreas os butqnires, enormes criaturas de carapaça que habitam Ordobar, fazem buracos atrás de comida, o lodo fofo se torna uma armadilha letal para os corajosos que tentam atravessar a região. Labarist aproveitava a caminhada para lavar sua espada e seus braços.

Não foi necessário muito para avistarem uma pequena choupana. Era bem construída, de madeira firme, parecia uma bela morada. Ao contrário do que o guerreiro esperava encontrar.

– Aí está – disse com orgulho o elfo. – Uma beleza, não?

Diante da falta de palavras, Labarist simplesmente concordou com um sorriso.

A ilha onde estava a choupana era uma das maiores que tinham cruzado pelo caminho, existia espaço até para uma pequena varanda. O elfo subiu a pequena elevação de terra e imediatamente tirou suas botas. Apoiou o cajado na parede e buscou um pano que estava por ali. Secou os pés.

– Vamos – ele apontou para as botas de Labarist, – tire essas botas e seque seus pés ou os sqitous vão acabar com você.

Ele obedeceu, entretanto não compreendeu o que o ancião falava.

– São pequenos desgraçados que vivem na água – mostrou com os dedos o tamanho das criaturas, – entram em nossas botas e comem nossa carne. A ferida dói até não poder mais. É preciso manter os pés secos.

Depois que as devidas precauções estavam feitas, o elfo buscou outra cadeira no interior da choupana e trouxe para a varanda. O ancião pegou um cachimbo e começou a socar o fumo. Ofereceu a Labarist que recusou, o guerreiro não gostava de fumar.

– Depois comeremos, mas antes vamos conversar um pouco e aproveitar o fim do dia.

De fato o Sol já tinha iniciado seu caminho de volta para o horizonte. Labarist não tinha percebido que a luta estendera-se por tanto tempo. Contudo só agora sentia realmente as marcas deixadas pela batalha. Labarist tinha a capacidade de ignorar os ferimentos enquanto a mente estava ocupada com outros assuntos. E sentado na varanda da choupana a dor veio e chegou com vontade. Cerrou os dentes para não gritar e conseguiu se controlar na medida em que podia.

Surpreendeu-se por não ter nenhum corte no corpo. Talvez a situação não fosse tão ruim como a dor indicava. De repente não conseguiu respirar, como se alguma coisa tivesse sugado todo o ar de seus pulmões. Arfava em busca de alívio, mas ele não vinha. Tossiu. Sentiu o gosto de sangue na boca. Mecanicamente colocou as mãos em suas costelas, do lado esquerdo pôde sentir um leve buraco.

A visão escureceu e seu corpo deslizou para o chão. Sua mente vagou por um instante e mergulhou no vazio.

*

* *

A luz fraca entrava pela janela entreaberta e o som inconfundível da chuva se misturava com o de panelas batendo. Labarist tentou levantar, mas ao primeiro movimento uma dor lancinante atravessou seu peito esquerdo. Um curativo envolvia todo seu tronco. A porta rangeu e o elfo entrou no quarto.

– Acordou. Bom, bom – resmungou, deu as costas e já saía pela porta. – Estou com uns bifes na panela.

– Espere – Labarist percebeu o chiado em sua respiração – preciso agradecer-lhe por ter me ajudado ontem.

– Ontem? – o ancião sorriu – Talvez você queira dizer quatro dias atrás.

O guerreiro sorriu sem entender o que se passava. Procurou por sua espada, mas não a encontrou. Ficou apreensivo, a presença de sua arma era reconfortante para ele. Decidiu segurar suas palavras e não perguntar nada ao ancião sobre a ausência de sua arma. Até ali ele não lhe dera nenhuma razão para desconfiança e tudo indicava que lhe devia a vida.

– Tome um pouco disto – o elfo apontou para uma velha caneca de metal sobre um móvel ao lado da cama, – acho que hoje poderemos almoçar na mesa.

Esticou o braço e pôde sentir cada músculo se mexendo, acordando depois de um longo repouso. Alcançou a caneca e bebeu o líquido denso. Quase era preciso mastigá-lo, engolir demandava um bom esforço. O gosto era horrível, parecia com o lodo do pântano. Ainda assim, bebeu tudo. O líquido queimava sua garganta, mas logo depois uma sensação de alívio tomou conta de seu corpo. Arriscou sentar-se na cama. A chuva continuava forte lá fora, o aroma de comida era uma grata surpresa. Levantou.

Por um instante sua visão rodopiou e ele pensou que iria cair, mas conseguiu manter-se em pé. A dor era suportável, caminhou até a porta e viu o elfo trabalhando na cozinha. Trabalhava com vontade e alegria, o cheiro era delicioso. Seguiu até a mesa e sentou-se, à sua frente uma garrafa de vinho e pão fresco. Ficou a imaginar como o ancião conseguiu aqueles víveres morando ali no meio de lugar nenhum em um pântano. Encheu um copo e bebeu, queria tirar o quanto antes o gosto amargo do líquido, mas depois de beber todo o vinho o gosto persistia.

– Ótimo, já podemos comer – com uma colher o ancião encheu o prato com um caldo, – isto vai ajudar na sua recuperação.

– Obrigado – ele assentiu, – me chamo Labarist. Obrigado por tudo que fez por mim. Devo minha vida ao senhor.

– Chamo-me Lisael e o que eu fiz tenho certeza de que você

faria o mesmo e era meu dever – o ancião sorriu. – Afinal se não nos ajudarmos quem o fará?

Deixou a panela no centro da mesa e sentou-se.

– Caldo de ervas com pedaços de carne de buqti. Muito melhor que aquela porcaria que você estava tentando comer.

Comeram e beberam em silêncio. A chuva deu uma trégua e um vento gelado entrou pela janela. Lisael deixou a mesa e sumiu por uma porta, Labarist não se surpreenderia se o elfo voltasse com uma sobremesa digna dos reis.

Contudo Lisael reapareceu carregando a espada do guerreiro. Com cuidado ele pousou a espada sobre a mesa. A arma reluzia mesmo sem a luz do Sol, era como se tivesse acabado de ter sido criada.

– Está uma beleza – murmurou.

– Realmente é uma bela arma – completou Lisael, – não é sempre que se vê um trabalho com esta qualidade.

– É uma companheira valiosa – Labarist empunhou a espada olhando para sua lâmina, – uma lembrança de minha terra natal.

– Pelo aço, sem dúvida falamos do Norte – Lisael serviu vinho, – qual a cidade?

A expressão no rosto de Labarist escureceu, como se uma nuvem negra e densa tivesse se colocado à frente do Sol.

– Darinus – a palavra saiu sem vontade.

Jamais ele escondia sua origem por mais terrível que ela fosse. Labarist sempre dizia a verdade quando perguntado.

– Foi horrível o que a Água Negra fez lá – pela primeira vez Lisael não sorria. – Sinto muito.

– Está tudo bem, é um povo forte e tenho certeza que conseguirá sobreviver àqueles malditos.

– Isto é certo – o ancião ergueu o seu copo. – A Darinus.

Tocaram os copos e beberam todo o vinho.

– Novamente obrigado – Labarist dizia estas palavras com hesitação, há muito não lembrava como era contar com uma pessoa. A obsessão é uma estrada solitária. – Tenho certeza que um dia irei recompensá-lo. Você tem minha palavra.

– Talvez você possa antes do que imagina – murmurou Lisael passando a mão por seu rosto magro e com a barba por fazer. – Quem é Alassi?

– Como você sabe sobre ela? – o som era de fúria, mas o elfo compreendeu que na verdade se tratava de medo.

– Você chamou por ela várias vezes estes dias – um sorriso envergonhado surgiu nos lábios do ancião.

Recuou. A explicação fazia sentido. Ele tinha esquecido como era ouvir este nome, de sua amada, e o efeito que tinha sobre ele. Seu coração disparou, as mãos suavam e a respiração ficou mais pesada. Por um instante fechou os olhos e pôde vê-la, caminhando pelas docas e perguntando se ele tinha pegado um peixe hoje. Buscou pela espada ainda em cima da mesa, um ato de puro instinto, e saber que sua arma estava por perto o acalmou.

Labarist olhou bem para o elfo, alguma coisa lhe dizia que podia confiar nele. Talvez se apresentasse a situação ideal para, finalmente, traduzir em palavras e em voz alta o desespero que seu coração vivia há tanto tempo. Sim, talvez aquele ancião, sozinho no meio do nada, fosse a pessoa certa.

– Está bem – disse ainda sem convicção. – Alassi é minha noiva.

– Perdão, eu não deveria ter perguntado – Lisael curvou sua cabeça em sinal de respeito.

– Sou um estranho que você ajudou sem questionar, estou em sua casa e alimentando-me de sua comida. É justo que você saiba – encheu seu copo de vinho e deu um longo gole. – Alassi e eu estávamos para nos casar, tínhamos acabado de cumprir a tradição de Darinus e anunciado nosso casamento na praça quando Deark apareceu, ele é o mestre da Água Negra, – Lisael assentiu e demonstrou que conhecia o gnomo – e ordenou que o casamento não deveria se realizar. Sem nenhuma razão. Nós entramos em desespero, nossos pais tentaram falar com Deark, mas nada fazia com que ele mudasse sua opinião. Poderíamos ter casado em segredo, toda a cidade nos apoiava, porém ninguém ousava desafiar a Água Negra. Não desejava que meu amor ficasse em segredo. Alassi merece o melhor – Lisael pegou seu cachimbo e ofereceu um para Labarist que recusou. – Em uma reunião com nossos pais decidimos o que fazer. Fugiríamos de Darinus. Deixaríamos o terror da Água Negra e seríamos felizes em outro lugar – mais um longo gole de vinho. – Pelo menos era o que pensávamos.

O guerreiro se calou. Era possível ver o tremendo esforço que fazia para segurar as lágrimas. Tudo que se escutava era Lisael puxando e soltando a fumaça de seu cachimbo. Labarist olhou para sua espada e continuou.

– Estava tudo pronto, pela noite deixaríamos nossas casas e seguiríamos até a floresta. De lá iríamos para uma vila vizinha e depois Hesbo. Estaríamos livres para viver nossas vidas. Contudo Deark descobriu, não sei como, mas o maldito descobriu nosso plano. Ao invés de tomar qualquer atitude, ele ficou em silêncio. Esperando. Espreitando até o momento que realmente acreditávamos que íamos conseguir, que a felicidade estava ao alcance de nossos dedos e então atacou. Com seus homens atacou e nos levou às masmorras. Por três dias fiquei sozinho no escuro. Isolado do que acontecia e meu tormento era não saber o que se passava com Alassi.

As lembranças daqueles dias escuros eram mais fortes que sua vontade e uma lágrima correu pelo rosto do guerreiro. Ele não a limpou.

– Dois guardas vieram e me levaram à presença de Deark. Alassi estava lá e não vi mais nada. Perdi-me na ternura de seus olhos e ali permaneci – ele sorriu. – A voz de Deark me arrancou dali e suas palavras marcaram como ferro quente minha memória. "Vocês desobedeceram minha ordem, desafiaram meu poder, por isso sou obrigado a demonstrar minha verdadeira força" disse o gnomo enquanto se aproximava de minha Alassi. "Como punição por me desafiarem, eu os condeno ao tormento eterno" e sem hesitar ele cravou um punhal no coração de Alassi. Maldito!

Labarist socou a mesa que quase cedeu diante de sua fúria.

– Então o gnomo se aproximou de mim e sussurrou estas palavras em meu ouvido "Alassi agora está no ventre de uma besta, aprisionada em um cristal negro, esperando que você venha resgatá-la. Por anos e mais anos você irá procurar por tal besta que carrega tal cristal, mas jamais irá encontrá-la" – o guerreiro silenciou-se depois destas terríveis palavras.

Deark, em toda a sua maldade, condenou Labarist à busca eterna pela amada e Alassi a esperar por seu amado que jamais virá. Os maiores tormentos para dois amantes.

– Deark faz jus à fama que tem – murmurou Lisael entre uma baforada e outra.

– Você o conhece?

– Pessoalmente não, mas por conhecidos já ouvi os relatos de seus feitos – explicou sem muita vontade. – Então quando o vi pela primeira vez, você estava buscando por Alassi. Faz sentido.

– Venho matando as bestas mais terríveis que encontro desde o dia em que Deark a amaldiçoou.

– Meu jovem, talvez você devesse procurar ajuda – o elfo arrependeu-se de falar desta maneira. – O que eu quero dizer é que me parece que estamos diante de uma maldição complicada e poderosa – jogou fora as cinzas e socou fumo novo no cachimbo. – Tenho um conhecido em Rivre. Sim, talvez ele possa nos ajudar.

Labarist não sabia como reagir, tinha esquecido que ainda existia bondade. O guerreiro sorriu, não lembrava da última vez que o tinha feito.

– Se você não se importar, gostaria de acompanhá-lo – novamente o ancião sentia-se um pouco desconfortável. – Cá entre nós, perdi a paciência com este pântano.

* * *

O cansaço era tremendo, as roupas estavam cobertas de poeira e a viagem longa demais. Labarist olhava com admiração para as ruas feitas de pedra e os edifícios altos, jamais tinha estado em uma cidade grande e Rivre era um prato cheio para seus olhos.

A cidade tinha uma mistura da cultura dos humanos e a dos gnomos. O resultado era impressionante. Toda a tradição dos humanos, com suas paredes grossas de madeira a ângulos retos, contrastavam com a criatividade dos gnomos. Materiais diferentes como pedras coloridas e vidro eram usados, casas redondas e passarelas cruzavam seu caminho. E engrenagens, pequenas invenções e maquinetas para todos os serviços. A proximidade de Rivre com a floresta de Motsognir atrai um bom número de magos para a região, mais um detalhe para contribuir com a singularidade do local.

Andavam por uma rua larga, o calçamento todo feito com pedras polidas e cortadas à perfeição em retângulos. Muitas pessoas caminhavam por ela, humanos e gnomos seguiam suas vidas sem dar importância aos viajantes. Fizeram uma curva e chegaram a uma rua menor, abrindo bem os braços Labarist quase podia encostar seus dedos nas casas dos lados opostos do caminho. Repleta de transeuntes, era difícil não esbarrar em alguém. Sentiram o aroma de fumo, algumas lojas vendiam o produto além de cachimbos. Lisael parou em uma vitrine e olhou com interesse para alguns cachimbos curvos de madeira escura que estavam expostos. Mais alguns passos e começaram a surgir mesas rústicas no caminho e sobre elas dezenas de livros. A locomoção se tornou mais complicada. O ancião saudou alguns dos vendedores, folheou exemplares, como se freqüentasse sempre aqueles arredores.

Finalmente chegaram a uma área que estava mais calma. Tudo indicava ser apenas de residências. Pararam diante de uma pequena construção de pedras claras, no segundo andar uma diminuta sacada tinha a janela aberta.

– Umorg – gritou Lisael com satisfação. Parecia que ele realmente estava aproveitando o passeio.

Escutaram um praguejar no interior da casa e na sacada surgiu um humano com longos cabelos brancos. Estava despenteado e seus olhos estranhavam a claridade. Deveria estar dormindo.

– Bons ventos, é você! – o humano acenou com as mãos – Espere um pouco que vou abrir a porta – sumiu pela janela.

Não demorou para a porta de madeira ranger e Umorg estar diante deles. Vestia um roupão surrado e um cinto apertava sua farta barriga. Labarist preferiu não imaginar se vestia mais alguma roupa. O rosto redondo do humano era simpático, sorria enquanto prendia o cabelo em um rabo de cavalo.

– Meu bom amigo – Lisael se adiantou e abraçou-o.

– Você ainda tem o fedor daquele pântano – Umorg dava fortes tapas nas costas do elfo. – Entrem, entrem. Vou colocar uma roupa e vamos até uma ótima casa de chá aqui perto – subiu com agilidade pela estreita escada em espiral.

O andar de baixo consistia em apenas uma sala. Provavelmente existiam ali alguns móveis, o único que não tinha sido coberto pelo grande volume de livros e pergaminhos era uma escrivaninha que ficava de frente para uma janela nos fundos. Pela janela era possível ver um pequeno jardim. Labarist e Lisael esperaram em pé, as cadeiras serviam para apoiar livros, enquanto escutavam os passos pesados de Umorg no segundo andar.

De repente o humano surgiu pela escada. Pulava os degraus. Labarist acreditava que Umorg em Rivre parecia receber menos visitas que Lisael no pântano a julgar pela alegria que o humano demonstrava com a presença dos visitantes.

– Vamos, a casa de chá é a apenas alguns passos daqui – pegou um longo cachimbo e com os braços foi empurrando os viajantes para a porta.

Realmente mal começaram a caminhada e entraram em um jardim que tinha algumas mesas de ferro. Umorg saudou o gnomo que veio atendê-los e este os indicou a única mesa desocupada. O céu estava limpo e um vento agradável fazia com que as mesas no jardim fossem disputadas.

– Não se incomodem em pedir coisa alguma – o humano acenava negativamente com a mão, – eles vão trazer a especialidade da casa para nós – ele parou e respirou fundo, organizando os pensamentos. – E quem seria este jovem em sua companhia, Lisael?

Umorg tinha a voz grave e forte, porém não era inconveniente. Pelo contrário, sua figura era carismática e sua presença apreciada. Era a primeira vez que o humano dava indicação que tinha percebido a presença de Labarist, pois até aquele ponto era como se o jovem estivesse invisível.

– Este é Labarist e ele é a razão de minha visita inesperada – o elfo deixou a alegria sumir de seu rosto. – Meu amigo aqui tem um problema complicado em suas mãos e eu achei que você poderia nos ajudar.

O gnomo reapareceu e trazia em sua bandeja um bule de prata e três taças de vidro. Cada uma tinha uma cor e era adornada com argolas de prata. Colocou a bandeja sobre a mesa e saiu.

– Compreendo – Umorg se serviu de chá e bebeu um longo gole, – perfeito. Podemos começar, vamos ver o que você trouxe para mim desta vez, Lisael.

O líquido de cor avermelhada escorreu para as duas taças vazias e Umorg empurrou uma taça para cada um dos seus convivas.

– À resposta – o humano levantou sua taça por um brinde.

Tocaram suas taças e tomaram um gole. Para surpresa de Labarist, o chá tinha o gosto forte de álcool. Lisael acostumado com o amigo esperava por isso, dificilmente Umorg bebe algo que não seja alcoólico.

– Qidap – sussurrou o elfo para o guerreiro. – Uma bebida forte que vem do norte. Se não está acostumado, eu aconselharia a não beber muito – ele voltou-se para Umorg. – Labarist me contou uma triste história cujo antagonista é Deark – o humano fez uma careta ao ouvir o nome do chefe da Água Negra. – Ao que tudo indica, o gnomo lançou uma maldição sobre Labarist e sua noiva.

– Deark é um coió, porém um coió astuto – Labarist sorriu às palavras do humano. – Por favor, conte-me exatamente o que aconteceu.

O guerreiro não estava preparado para isto, mexer na ferida em seu coração novamente em tão pouco tempo. Olhou para seus companheiros de mesa e teve vergonha. Vergonha por não ter a coragem suficiente para encará-los nos olhos e contar sua história. Eram apenas palavras, uma lembrança, as ações já tinham acontecido. Sua vida já estava arruinada. Alassi, perdida. Lembranças não podem machucar, costumava dizer seu velho pai. Pegou a taça e virou todo o qidap. O líquido desceu queimando por sua garganta, amargo como suas lembranças. E Labarist falou.

Fixou seus olhos no bule de prata e sem pausas contou sua triste história. Sem perceber repetiu exatamente as mesmas palavras que Lisael escutara no pântano. Talvez, a única forma tolerável para reviver aquela história.

Umorg escutava atento a tudo, em nenhum momento teve qualquer reação. Absorvia o máximo de cada palavra e tentava guardá-las em sua mente. Gostava de um desafio, um enigma, porém ouvia Labarist porque tinha um coração bom e acreditava ser possível ajudar o pobre jovem.

De repente o guerreiro parou de falar. Sua história tinha chegado ao fim. Ele permanecia olhando para o bule.

– O tormento dos amantes – murmurou o humano.

– Foi o que Deark disse – as palavras de Labarist soavam sem vida – antes de me deixar partir.

– É como costumam denominar esta maldição – Umorg passou a mão em sua boca. – Chamam-na assim porque funciona somente quando o amor é verdadeiro. E acreditem, é muito raro quando isto acontece. Porém os estudiosos a chamam de a Maldição de Krauns, pois esse era o nome do mago que a usou pela primeira vez. O ciúme o levou à insanidade e o amor o levou a amaldiçoar sua amada que estava nos braços de outro.

– Como ela age?

– Exatamente como Labarist a descreveu, meu bom Lisael. Um dos amantes é aprisionado dentro de um pequeno cristal negro enquanto o outro é deixado ao tormento e desespero.

– O que acontece ao aprisionado no interior do cristal?

– Bom – Umorg hesitou um instante, – não se sabe. Até hoje não se tem notícia de alguém que tenha conseguido quebrar a maldição.

Os três permaneceram em silêncio. Era difícil encontrar as palavras corretas para o momento. O gnomo aproximou-se da mesa, não compreendia o porquê de uma mesa com a presença de Umorg estar em tamanha calmaria.

– Está tudo bem? A bebida está de seu agrado, senhor?

– Sim, estamos bem. Obrigado, Spel.

O gnomo se afastou olhando a cada três passos por cima dos ombros. As palavras de Umorg não o convenceram.

– Não há nada que Labarist possa fazer?

– Talvez – Umorg terminou sua bebida. – Preciso consultar um livro em casa sobre o assunto.

Procurou em seu bolso por uma moeda de prata e a deixou sobre a mesa. Antes de se levantar, Umorg encheu seu copo novamente e virou. Fez uma careta de contentamento e guiou seus companheiros pela estreita rua até sua casa.

Depois de remexer em seus livros, espalhar, folhear e levantar uma considerável quantidade de pó, Umorg leu o seguinte trecho em voz alta: "Esta maldição depende de um ingrediente único, o amor verdadeiro" – aqui o humano abaixou a cabeça e olhou orgulhoso para seus amigos – "somente quando este houver entre os amantes a maldição funcionará. Uma vez que exista tal amor e o ritual seja realizado da maneira correta, a maldição levará a essência vital de um dos amantes para o interior de um cristal negro. Tal objeto será atraído pelo poder, pela maior ameaça possível, que esteja mais próxima do local onde o ritual foi realizado. Uma vez identificado o ser mais poderoso, o cristal se transportará para seu ventre e ali permanecerá até que a criatura seja morta".

– Impressionante – disse Lisael tentando se equilibrar sentado sobre uma pilha de livros. – De onde veio esse relato?

– O livro foi escrito por um norethang chamado Olmof, estudioso de maldições e poções. Uma encadernação belíssima – o humano passou os dedos pelo couro gasto do tomo.

– Porém o mais interessante é que temos uma pista – o ancião sorriu para Labarist que permanecia em silêncio.

– Realmente – Umorg começou a vasculhar uma pilha de livros perto da janela, – precisamos descobrir as criaturas que habitam a região. Sua amada está perto de casa, meu jovem!

– Precisamos procurar criaturas de grande poder que vivam perto da região de sua aldeia – Lisael usava um tom paternal. – Alassi migrou para o interior de uma delas. Eu não consigo me lembrar de nenhuma no momento.

– Aqui – Umorg abriu um grande pergaminho no chão, – talvez seja mais fácil visualizando.

O pergaminho estava amarelado e continha inúmeras marcas circulares. O tipo de marca que um copo faz quando deixado sobre uma superfície. Com uma linha fina e delicada aparecia diante deles a região natal de Labarist. O guerreiro desviou o olhar, não suportava ver um mapa que trazia tantas lembranças. Lisael debruçou-se sobre o mapa, corria os dedos ossudos pelas linhas escuras, como se estivesse caminhando pelos campos verdes e sentindo a brisa que vinha do grande lago.

Os dois permaneceram debruçados sobre o mapa um bom tempo. Sussurravam algumas palavras, resmungavam entre si. Finalmente Umorg perdeu a paciência.

– Maldito livro! – o livro voou para uma pilha distante. – Não tem nada para nos dizer! – sentou-se em uma poltrona velha – Preciso de uma bebidinha.

– Não desanime, meu amigo – o elfo ainda olhava com muita atenção para o mapa – vamos descobrir. Alguma coisa irá aparecer.

Labarist se afastou e caminhou sem vontade até a janela. Sua mente fora tomada por um turbilhão de pensamentos e fragmentos de memória. A maioria era de tempos felizes, momentos em que ele e Alassi estavam juntos. Porém quando a solidão de sua busca emergia, em instantes a alegria fugia de seu coração como a sombra foge do Sol. Dias sem conversas ou lembranças, momentos vazios. Entretanto os pensamentos giravam novamente e surgiam as longas conversas que tinha com seu pai enquanto pescavam. O velho sempre sorria quando estavam no barco, tomado por um sentimento de satisfação por trabalhar. Era como se pudesse escutar o velho com sua voz baixa, para não assustar os peixes, narrando histórias que ele tinha escutado de seu pai. A coisa toda era como um ritual da família, um pequeno hábito que com o tempo foi ganhando ares de sagrado, pelo menos para eles. Labarist tinha sonhado que um dia ele também contaria histórias para seu filho. E de repente seu coração disparou, era como se uma onda subisse por sua garganta até que as palavras explodissem de sua boca.

— Boshiva! – exclamou o guerreiro.

Umorg e Lisael se olharam sem compreender. A palavra não tinha nenhum significado para eles.

— Meu pai sempre me disse que nas profundezas da lagoa Vitmu habita uma criatura terrível. Ela dorme profundamente, esperando o momento para acordar e espalhar o medo e angústia entre aqueles que estiverem em seu caminho – o jovem dizia com alegria estas palavras lembrando de como as sobrancelhas de seu pai se levantavam para enfatizar o medo e a angústia.

— Terrível besta, medo, angústia... – Umorg coçou o queixo – Eu diria que esta é uma excelente resposta para nossa busca.

— Não podemos esquecer que estamos diante de uma lenda, uma história popular passada de pai para filho – Lisael buscou pelo cachimbo. – Precisamos saber se realmente Boshiva existe.

— No instante em que o Sol e a Lua se encontrarem no céu, Boshiva sairá das águas profundas e nada poderemos fazer a não ser prantear pelos que serão perdidos – Labarist sorriu. – A esperança deixará este lugar e a escuridão será soberana. Era o que meu pai contava.

— Você acredita na história de seu pai?

— Não sei, eu gostava de ouvi-lo contar. Minha mãe diz que o avô de meu avô foi morto por Boshiva. A família é muito respeitada por isso na vila – completou com certo orgulho.

– Desculpe desapontá-lo, Umorg, mas ainda não podemos nos animar.

– Pelo contrário, Lisael, pelo contrário – o humano colocou um pesado livro no colo do amigo.

– O que é isso? – o elfo retirou o cachimbo da boca.

– Veja as datas – ele colocou o dedo indicando uma linha. – O último eclipse ocorreu há 247 anos. Acha que o avô do seu avô viveu nessa época?

O guerreiro virou os olhos para o teto e ficou em silêncio por um instante.

– Creio que é possível.

As palavras ainda estavam caminhando pelo ar e Umorg sumiu pela estreita escada.

– Você não devia animá-lo – Lisael soltou fumaça pela sala e sorriu.

– Mas se Boshiva existir, acredita que ele possa ser o guardião de Alassi?

O elfo viu a esperança no fundo dos olhos do guerreiro e sabia que estava diante de um momento perigoso. Jamais deve se acordar um desejo tão poderoso sem ter a certeza absoluta de que ele poderá sobreviver e crescer mesmo que seja para depois morrer. Tudo deve ser feito com cuidado, o erro é um caminho sem volta e ao final da jornada tudo que a pobre alma irá encontrar é a loucura.

– Vamos antes nos preocupar em saber se Boshiva realmente existe, depois veremos o que fazer.

Um barulho enorme surgiu do andar de cima. Logo Umorg desceu pulando os degraus com grande destreza. Sem nenhuma surpresa para seus companheiros, o humano trazia um grande tomo em suas mãos. Colocou o livro sobre o mapa e abriu em uma página que continha o desenho em nanquim de uma grande criatura.

– Existem quatro relatos de uma colossal criatura na região

de Vitmu – Umorg respirava com dificuldade. – Um noviço de Olwein. Um guerreiro. Um comerciante e Chepan.

O último nome fez Lisael se ajeitar na cadeira e examinar o livro com mais cuidado. Virou algumas páginas, era possível ver seus olhos correndo pelas linhas. Umorg levava um sorriso no rosto redondo repleto de satisfação.

– Chepan foi Mestre da Biblioteca de Krassen durante muitos anos – o humano falava como se estivesse lendo um texto. – Quando chegou aos 100 anos decidiu renunciar ao cargo e isolou-se do mundo.

– Ninguém compreendeu a atitude de Chepan, alguns o chamaram de louco – continuou o elfo. – Mas o fato é que até hoje é um dos Mestres mais respeitados que passou por Krassen e segundo o relato deste livro – olhou a lombada do livro, – "Espiadimonis" escrito por Tchei, Chepan relata uma história muito parecida com a de seu pai – colocou o cachimbo na boca e baforou. – Uma magnífica besta que vive nas profundezas do lago Vitmu, acordada somente pela luz única do encontro do Sol com a Lua. Durante o eclipse, a criatura traz a morte para todos à sua volta. Uma fúria cega que simplesmente destrói. Até hoje não se sabe o porquê de seu comportamento ou por que ela está ali.

– Eu diria que encontramos a nossa criatura – Umorg caminhava, não conseguia ficar parado diante de sua descoberta.

Lisael e Umorg argumentavam, porém a mente de Labarist não prestava mais atenção. O guerreiro tinha tentando acalmar seu coração durante toda a discussão entre os dois anciãos. Há muito conhecia aquela falsa esperança que poderia ser fatal. Já tinha sofrido algumas vezes aquela dor diferente, que não se sabe exatamente onde é, dura e seca. Uma dor para a qual não existe curativo, não existe remédio, alguns dizem que somente o tempo pode curar, mas quem realmente a sentiu sabe que ela nunca vai embora. Levantou-se e com alguns passos encarou o elfo.

– Alassi está no ventre de Boshiva? – Labarist encarava fundo os olhos de Lisael.

O ancião tirou o cachimbo de sua boca e acenou positivamente com sua cabeça. O guerreiro fez uma mesura de agradecimento, pegou seus pertences e saiu pela porta. O elfo tinha certeza de que nunca mais veria Labarist.

– Para onde ele está indo? – Umorg soava decepcionado – Temos que preparar a viagem para Vitmu.

– Labarist foi atrás de sua amada – Lisael suspirou, – e esta é uma viagem que ele deve fazer sozinho. Só espero não termos enviado o pobre rapaz para o tormento e a loucura.

*

* *

O espetáculo era bonito para os olhos que não o viam como um momento aguardado por mais de seis anos. Um momento que poderia mudar toda a sua vida, que poderia salvá-la. O Sol ainda brilhava forte quando no horizonte a Lua despontou e começou sua jornada através do céu, a diferença daquele dia é que o Sol não cederia seu lugar. Desta vez não, naquele dia os dois ocupariam o mesmo lugar.

Com passadas firmes Labarist começou sua caminhada até o lago Vitmu. Depois de sua conversa com Lisael e Umorg, as últimas palavras que disse e ouviu durante todo esse tempo, o guerreiro seguiu para o lago e lá esperou. Esperou por muitos dias às margens do lago, porém o Sol e a Lua insistiam em sempre trocarem de lugar. A espera se tornou longa demais e sua casa passou a ser a floresta Tempestuosa. Todos os dias saía com sua arma em punho, buscando por alguma coisa para matar. Já não o fazia mais para encontrar Alassi, para recuperar seu amor, fazia porque não sabia viver de outra maneira. Matar passou a ser uma obsessão tão imensa que Labarist precisava daquilo. Acreditava cegamente que Boshiva levava sua amada no ventre, mas precisava matar. Simples assim.

As sombras dançavam acompanhando o balé do Sol e da Lua que graciosamente ocupavam agora o mesmo espaço. Sua respiração acelerou, Labarist podia ver a grande faixa de água que refletia a luz opaca. Vitmu. Boshiva. Alassi. Todos estavam ali. O guerreiro quase podia ver sua amada. A caminhada passou à corrida.

Um evento desta magnitude altera a rotina de qualquer ser em todo o mundo. Os peixes seguem para o fundo das águas, os pássaros se refugiam nas árvores e os mamíferos em suas tocas. Mesmo os povos de Breasal preferem um local seguro enquanto dure o encontro dos astros celestes.

Labarist estava sozinho, há muito não via nada além de vegetação. Foi com grande espanto que viu ao se aproximar de Vitmu que uma silhueta desafiava a linha das águas calmas da lagoa. Uma figura encurvada, envelhecida e frágil. Mas alguma coisa alertou o guerreiro para ter cautela. A passos lentos, aproximou-se.

A fúria o arrebatou e somente um pensamento ecoava em sua mente. Atacar aquela sombra. Destruir aquela lembrança. Matar Deark.

Labarist gritava e corria bradando sua espada. Os olhos fixos no gnomo que retribuía seu olhar com espanto. Um leve desvio no olhar do gnomo, foi tudo que Labarist percebeu antes de sentir o impacto em suas pernas. O rosto bateu com força na grama, sentiu o gosto de sangue em sua boca enquanto seus braços eram seguros e o corpo levantado contra sua vontade.

O guerreiro debateu-se contra seus adversários, mas era inútil. Três homens o seguravam. Reconheceu um deles. Ecric costumava ser seu vizinho, quando crianças brincavam juntos. Permanecia com o olhar fixo em Deark, o gnomo refeito do susto tinha em seu semblante aquele ar de superioridade. A falsidade do fraco de espírito que se impõe pela força e astúcia ao invés do valor.

– Meu jovem, o que se passa aqui? – Labarist não compreendeu as palavras do gnomo – por que me atacou? Um simples gnomo que veio apreciar este espetáculo que hoje o céu nos brinda – era como se Deark não o reconhecesse.

Labarist nada disse. Talvez um truque do gnomo. Era preciso ter cautela.

Deark o olhava com grande atenção. Perscrutava sua memória em busca de uma pista de quem seria aquele jovem. Sentia-se incomodado por tudo aquilo, a ignorância era algo que o atingia como uma seta. Esforçava-se, mas em sua mente não existia espaço para outras coisas que não fossem ele próprio.

Diante do estranho silêncio, Ecric decidiu falar.

– Este é Labarist, morava em nossa vila. De repente sumiu. Nunca mais tivemos notícias dele. É realmente estranho encontrá-lo zanzando por aqui.

– Sim, sim – o gnomo batia levemente os dedos nos lábios finos, – agora lembro-me do jovem. Como está sua noiva? Alassi, não? Espero que estejam felizes.

Sua alma se agitou, o sangue corria com a velocidade do ódio em suas veias, seu coração se escureceu. Porém Deark nada percebeu, pois o rosto de Labarist demonstrava calma e o guerreiro torcia para que a luz opaca não revelasse as lágrimas que invadiram seus olhos e permaneciam ali retidas.

No céu a Lua estava à frente do Sol, dois círculos perfeitos, um escuro envolto por outro luminoso. Porém as atenções estavam voltadas para as águas de Vitmu. Sua superfície sempre plácida se encontrava arredia. Talvez fosse a luz daquele raro evento, não importa, o fato é que para os que se encontravam em suas margens o Vitmu estava rubro. De pequenos redemoinhos surgiram ondas. Como se um forte vento passasse por ali, contudo o ar estava parado.

Deark estava de costas para o guerreiro, seus lacaios afrouxaram as mãos. Labarist poderia facilmente se soltar e atacar o gnomo, porém seus olhos acompanhavam o estranho movimento das águas. O inimigo era outro.

Era difícil conter a ansiedade e segurar os pensamentos, mas Labarist se preparava para a chegada de Boshiva. Não foi preciso esforço, Deark e seus lacaios pareciam maravilhados pelo estranho espetáculo. Os quatro estavam à beira da lagoa, imóveis com a água já em suas canelas e indiferentes com a presença do guerreiro.

– Nunca vi nada igual em minha vida – murmurou Ecric.
– É tão bonito.

Labarist pegou sua espada e deu alguns passos para trás. Ele imaginava que Boshiva viria com força, atacando tudo em sua frente. Acreditava que o mais difícil seria conter esse ímpeto, mas se conseguisse, teria alguma chance.

Um urro perturbador surgiu das profundezas da água. Não houve tempo para nada. Quando o esparramo de água baixou, um dos lacaios estava dilacerado no chão, o outro se encontrava morto na boca da criatura.

Boshiva tinha os traços de um felino, olhos espremidos e ameaçadores, porém a boca lembrava o bico de uma ave. O bico de um corvo, longo e pontiagudo. Labarist esperava algo como uma serpente ou um ser aquático, entretanto Boshiva tinha o corpo de um tigre, pêlos dourados com manchas prateadas, as patas munidas de grandes garras e os dentes brancos e afiados. Tinha a altura de dois cavalos e se movia com uma rapidez surpreendente.

A criatura rugiu novamente e cuspiu os pedaços do lacaio de Deark que ainda estavam em sua boca. O sangue escorria por entre seus dentes e manchava seu peito. Ecric puxou sua espada e encarou a besta. Labarist surpreendeu-se com o ato de seu conterrâneo e encheu-se de orgulho por sua vila. Entretanto de nada adiantou a bravura diante de tamanha força, o monstro olhou para o humano e atacou. Ecric, não é possível dizer como, conseguiu desviar o primeiro golpe, o segundo explodiu em seu flanco esquerdo. As garras dilaceraram a carne, destroçando ossos e órgãos. O corpo sem vida caiu e agora diante de Boshiva restava apenas Labarist.

O guerreiro levava a espada em suas mãos, os músculos pulsavam e a respiração era calma. Posicionou as pernas para obter um bom apoio. O primeiro golpe seria difícil de agüentar. Boshiva virou seus olhos e eles pareceram brilhar. Por um instante o monstro hesitou e Labarist pensou ter reconhecido o olhar de sua noiva. Tentou não deixar que aquilo atrapalhasse sua concentração. Falhou. O guerreiro atacou com toda a sua vontade. A espada cortou o ar e seguiu em direção ao pescoço de Boshiva. Ele queria que terminasse logo. O golpe foi desviado sem grandes dificuldades e o contra-ataque preciso. Labarist sentiu o impacto em seu ombro, porém as garras não entraram em ação. O guerreiro soube que Alassi estava ali, tinha certeza que ela o tinha salvado. De alguma forma ela interferiu nas ações de Boshiva. Seu corpo se encheu de uma nova força, não sabia dizer o que era, porém sentia que poderia realizar coisas que antes julgava impossíveis.

Ele pulou em direção ao monstro e rolou por entre suas pernas, suas costas foram arranhadas pelos dentes de Boshiva, mas tinha passado. Quando ficou em pé estava nas costas da besta. Com um grito Labarist cravou com todas as suas forças sua espada no monstro. Sentiu o momento em que a lâmina entrava entre as vértebras e destruía ossos. Logo depois Boshiva caiu soltando um rugido melancólico.

Os berros da criatura foram se esvaindo até o completo silêncio. As águas de Vitmu voltaram a ficar calmas, refletiam a luz opaca do encontro inusitado no céu. Labarist caminhava lentamente, passou as mãos no dorso da besta e sentiu os grossos pêlos passarem entre seus dedos. Ali, no ventre, estava o objetivo de sua jornada. Onze anos esperando por este momento. Boshiva tinha seus olhos quase fechados, a boca aberta mostrava os dentes ainda manchados de sangue, arfava e reverenciava o vencedor. Na mente do guerreiro as lembranças de Alassi chegavam como uma ventania antes da tempestade, porém olhando para Boshiva derrotado, completamente entregue, Labarist não conseguia ter a gana para matá-lo. De repente compreendia que não era certo que outra criatura pagasse com sua vida pelo seu alívio. A maldade de Deark não deveria se espalhar.

Empunhou sua adaga curva e ajoelhou-se ao lado de Boshiva, olhou novamente para o ventre que se movimentava a cada arfada ritmada. Estava diante de uma criatura magnífica. Encostou a lâmina e fechou os olhos.

O corte foi preciso. O sangue escuro fluiu por entre os pêlos dourados até alcançar o solo. Com cuidado Labarist colocou sua mão através do corte, o calor do corpo da criatura envolveu sua mão.

Boshiva grunhiu. O guerreiro movimentava seus dedos por entre os órgãos da criatura, até que pôde sentir um objeto pontiagudo. Teve certeza de que era o que procurava. Retirou com cautela o objeto que agora estava seguro na palma de sua mão. Por entre o sangue o guerreiro viu a pedra negra. Afastou-se de Boshiva, todas as suas atenções estavam voltadas para a pedra. Era Alassi. Seu amor estava na palma de sua mão.

Sem saber o porquê, sentiu o medo inundar seu corpo. Labarist hesitou. O temor de que tudo não passasse de uma coincidência e ao final Alassi não aparecesse, era quase insuportável. Ele olhava para a pedra em sua mão. Talvez ela estivesse morta e tudo aquilo não era nada mais do que uma esperança vazia. Boshiva rugiu alto e espantou estes pensamentos da mente do guerreiro.

Foi o instinto quem assumiu o controle, talvez um impulso, o certo é que Labarist colocou a pedra negra no chão e a espatifou com o cabo de sua adaga. O objeto não ofereceu resistência e quebrou com facilidade. De seu interior uma névoa escura começou a fluir, ganhou altura e continuou subindo em direção aos céus. Quando o guerreiro voltou seus olhos para o solo, ali estava Alassi.

Ela sorria, lágrimas escorrendo por seu delicado rosto, o cabelo negro se mexia com a brisa que soprava. Um abraço forte substitui as palavras e depois os lábios se tocaram e Labarist conheceu a felicidade em sua plenitude. Os amantes se deram as mãos, enquanto a Lua fazia sua despedida e iniciava sua jornada de descida até o horizonte. Caminharam até Boshiva, a língua bifurcada saía por entre os dentes afiados que lembravam do perigo, as manchas de sangue lembravam do terror que aquela criatura era capaz. Fizeram uma reverência respeitosa para a besta que tinha cuidado para que um dia os amantes se encontrassem novamente. O guardião de seu amor.

De repente Alassi gritou e sua mão foi levada da mão de Labarist. O guerreiro virou-se e viu Deark segurando o braço de Alassi, na outra mão uma adaga estava encostada contra o corpo de sua amada.

– Vocês dois simplesmente não desistem, não é? – a voz do

gnomo estava trêmula de ódio. – Sempre me desafiando, desdenhando de minha palavra – Deark dava pequenos passos para trás afastando-se do guerreiro. – Agora tudo vai terminar. Eu vou matar Alassi e a pequena história de vocês vai ter um fim.

A lâmina apertava forte o corpo de Alassi e um fio de sangue surgiu. Labarist soltou sua arma e assinalou que não tinha intenções de reagir. Não por medo de Deark, mas porque não sabia o que fazer. Sua mente estava paralisada diante da ameaça de perder Alassi novamente. Não conseguia colocar os pensamentos em ordem, procurava uma idéia, entretanto nada surgia.

O Sol finalmente retomou sua força e iluminou a lagoa. A lâmina da adaga de Deark refletiu a luz em seus olhos e fez com que o gnomo se assustasse. Alassi percebeu o momento e empurrou Deark para longe, o líder da Água Negra tropeçou e caiu no solo. Tudo que o gnomo sentiu foi o bafo quente de Boshiva antes de ter sua cabeça arrancada pelos afiados dentes da besta. O corpo inerte do gnomo repousou pela última vez à beira da lagoa Vitmu.

Labarist e Alassi se abraçaram e desta vez os amantes sabiam que jamais iriam se separar. Boshiva olhava por eles e o Sol e a Lua os abençoavam.

O Herói Esquecido

A fumaça fazia lentos círculos à medida que ganhava altura nos céus. A madeira estalava diante da fúria do fogo e as mulheres pranteavam a morte de seus filhos e maridos. O cheiro de carne queimada fazia as narinas arderem e o estômago embrulhar. O sangue manchava a neve e a vila jamais esqueceria aquele dia.

A estrada surgia por detrás da colina. Um local marcado por despedidas agora recebia os cavalos que seguiam em passo lento. Seus cavaleiros tinham as cabeças curvadas para se protegerem da neve que insistia em cair. O estandarte de fundo branco com o corvo em vermelho, símbolo do lorde Mund, tremulava com vontade acima do primeiro cavaleiro.

Aquele era o inverno mais rigoroso que os Humanos do Norte enfrentavam, as condições eram terríveis, a falta de comida e o frio se encarregaram de levar muitos à loucura. Cidades eram devastadas por pessoas insanas, homens e mulheres que lutavam com a pior de todas as armas. O desespero. Atacavam em busca de comida e uma chance de sobreviver. Ao final do dia estes eram responsáveis por mais mortes do que o próprio inverno. Os cavaleiros de Mund eram vistos como uma esperança, eles vinham da cidade de Golloch para proteger as vilas menores do desespero e devastação. Infelizmente desta vez a ajuda veio tarde demais.

Os cavaleiros pararam no centro da vila e contemplavam sem assombro as mulheres se aproximando das casas em fogo para se aquecerem. Apesar da dor, a sobrevivência era um instinto mais forte e o calor do fogo feito à custa da morte era algo impossível de se ignorar. Seu porte avantajado não deixava dúvidas de que Frumgar era o líder dos cavaleiros do Lorde Mund. Sua força era igualável à de um touro e diziam que já tinha vencido um destes animais em uma disputa. O capitão olhou para a destruição da vila e suspirou. Apesar de já ter visto aquela cena inúmeras vezes e ter consciência de que era impossível cuidar de todos, sentia uma grande insatisfação com tudo aquilo. Ele desmontou lentamente e retirou seu elmo.

Com passos leves Defth ficou ao lado de seu líder, tinha o rosto fino, olhos agitados e uma barba longa trançada. Frumgar gostava de dizer que ele era seus olhos e seus ouvidos, depositava grande confiança nos ombros de Defth.

– Sem dúvida estamos diante da obra de Grendir – Defth também retirou seu elmo. – Ele está ficando mais eficiente. Os ataques estão mais freqüentes.

Frumgar apenas sorriu a contragosto.

Grendir era o chefe de um grupo de mercenários, homens de má índole que se aproveitavam da situação para tentar enriquecer. Assolavam as vilas roubando o pouco de comida que elas tinham, levavam jovens para serem vendidos como escravos e toda a prata e ouro que encontravam pela frente. Quando se era capturado por Grendir tinha duas opções, juntar-se a ele ou à morte. Muitas vezes as pessoas aceitavam de bom grado a proteção que o bandido oferecia. Seu bando crescia a cada dia e logo ele teria poder suficiente até mesmo para atacar Golloch e o senhor Mund.

- Keetak, encaminhe os sobreviventes para Golloch – de repente algo chamou a atenção de Frumgar e ele caminhou para o extremo Sul da vila.

Defth o seguiu enquanto um cavaleiro corpulento começava a gritar ordens para as mulheres e crianças que obedeciam sem questionar. Diante de uma casa em chamas estava um homem ajoelhado, o olhar fixo para as chamas, as mãos repousavam dormentes nas coxas. Tinha um ferimento no lado esquerdo da face, o sangue fluía manchando seu pescoço e ombro. Frumgar se aproximou com cautela.

– Senhor – o capitão sussurrou, – o que aconteceu aqui?

Suas palavras foram ignoradas. Frumgar ficou ao lado do homem e tocou seu ombro. Com um giro rápido o homem bateu nas pernas de Frumgar, o golpe foi forte e o homenzarrão caiu na neve. Enquanto se recuperava do tombo e tentava entender o que se passava, o capitão recebeu um potente soco no rosto. Imediatamente o gosto de sangue veio em sua boca. Outros socos seguiram-se ao primeiro.

Se não fosse pela intervenção precisa de Defth, talvez Frumgar tivesse padecido ali mesmo. O capitão ajudou seu companheiro a segurar o homem que se debatia e tinha o fogo da fúria nos olhos. De repente ele urrou. Seus gritos ecoaram, foram carregados pelo vento. E não era preciso compreender as palavras para saber que eram gritos de uma dor aguda. Carregados de uma melancolia que entrava pelos ouvidos e atingia o coração. Somente depois de um longo período, os cavaleiros puderam soltar o homem.

— Meu deus, homem, o que foi isso? — Frumgar passava a mão por seu queixo ainda dolorido.

Keetak ofereceu um gole de vinho, o homem virou toda a caneca em um único e longo gole. Seus olhos estavam vermelhos e cabisbaixos, sua mão tremia e o cabelo negro estava molhado pela neve. O capitão fez sinal para que seus homens se afastassem e sentou-se ao lado do pobre coitado.

Um longo silêncio se fez. Às vezes podia se ouvir o barulho que os pequenos flocos de neve faziam quando encontravam as chamas ou o estalar da madeira que era consumida sem piedade. Frumgar foi paciente. Esperou até que de repente o homem começou a falar.

— Eu estava voltando de mais uma caçada infrutífera — apesar de tudo sua voz era firme. — Ouvi o som dos cavalos ao fundo e tentei me proteger. Mas foi tudo muito rápido. O golpe me atingiu em cheio — ele tocou a fronte ensanguentada, — o mundo ficou escuro e minha mente vagou no vazio. Não me lembro quanto tempo permaneci neste estado, quando retomei a consciência corri para cá — as lágrimas voltaram aos seus olhos e rolavam para a neve. — Tudo destruído. Minha casa em chamas e minha vida destruída. Minha mulher e minha filha ainda estão lá dentro — ele movimentou a cabeça em direção ao fogo, — descansam e esperam por mim nos portões de Darkhier.

– Eu sinto muito – Frumgar realmente sentia. O capitão acreditava que suas ações poderiam fazer a situação melhorar. Mas era como tentar evitar que todos os flocos de neve chegassem ao chão. – Nós deveríamos estar aqui antes. Maldito Grendir!

– Você sabe quem foi o responsável por isto? – foi a primeira vez que o homem encarou o capitão.

Frumgar acenou afirmativamente.

– E você está aqui para caçá-lo?

– Minha missão só estará completa quando o sangue de Grendir manchar a neve que assola a todos.

– Meu nome é Oktar, senhor, e eu irei com vocês.

O capitão estendeu a mão e os dois deram um firme aperto de mão. Frumgar sabia que não existiria como demover o homem de sua decisão e acreditava que ele também tinha o direito de vingar sua família. Na verdade aquele homem tinha uma razão mais pura do que ele e seus cavaleiros.

Uma pequena fila de mulheres se preparava para enfrentar a dura viagem até Golloch. A cidade governada por Mund era o destino da maioria das pessoas que perdiam suas casas. O senhor Mund as receberia de bom grado desde que estivessem dispostas a trabalhar em favor da prosperidade de Golloch. Sem alternativa ou esperança era a opção que restava. Desta forma a cidade crescia e já era a maior do norte do mundo. Realmente as chances de sobreviver ao inverno lá eram maiores, mas o preço a se pagar era caro. Os refugiados trabalhavam o dia inteiro sem descanso, eram vigiados de perto por guardas e dormiam em grandes casas que abrigavam até cinqüenta pessoas. Por enquanto a necessidade fazia com que essas condições fossem aceitas de bom grado. Porém, todos se perguntavam o que aconteceria quando o Sol voltasse.

Frumgar estava consciente destes problemas. Era um homem justo, porém prático. Por isso, no momento sua única preocupação era evitar que histórias como a de Oktar se repetissem. Ele também cometia o erro de deixar os problemas enterrados na neve, esperando que o Sol os revelasse.

Até aquele momento o capitão estava longe de seu objetivo, era como se Grendir sempre estivesse um passo à sua frente e soubesse de suas ações. A idéia de um traidor entre os seus o consumia, porém recusava acreditar que assim fosse.

Um homem motivado como Oktar talvez pudesse ser a surpresa necessária. O inesperado que viraria a caçada a seu favor.

*

*   *

A neve roçava a barriga dos cavalos e dois animais já tinham morrido, era o terceiro dia que ela insistia em cair sem parar. Os cavaleiros sabiam que não poderiam continuar por muito mais tempo. Sua vontade se esvaía a cada momento. Foi Oktar que os levou até um abrigo, nada mais que uma reentrância na montanha, onde puderam descansar e comer.

– Já usei muitas vezes este local em minhas caçadas – explicou. – Aqui conseguiremos repousar um pouco. Porém não sei se poderemos sair novamente enquanto a neve cair.

A noite foi silenciosa, o fogo garantiu um pouco de conforto para os homens e uma refeição quente. O Sol surgiu e a neve finalmente cessou. Sem demora o grupo se colocou em movimento. Seguiam em pares, doze ao total, cavaleiros fortemente armados além de duas mulas que levavam comida e equipamento. Frumgar pediu que Oktar o acompanhasse à frente. O caçador pressentia que alguma coisa incomodava o capitão, entretanto não tinha certeza se seria correto questioná-lo sobre isso. Mas os problemas do capitão não tinham importância. Existia outra pergunta que não saía de sua mente e ele não tinha como evitar fazer.

– Quem é Grendir?

Frumgar levantou a proteção de seu elmo adornado com uma pedra vermelha e Oktar percebeu que ele sorria.

– Creio que você tem o direito de saber – sua expressão se tornou grave, – porém, antes tenho um pedido a lhe fazer. E você deve me prometer pela alma de sua família que guardará segredo sobre este favor.

Oktar passou a mão por sua testa indicando que invocava os espíritos de sua família e fazia a promessa que Frumgar requisitava.

– Existe um traidor entre nós – esperou a reação de Oktar, mas este nada expressou – e preciso que você me ajude a compreender o que se passa por aqui.

– Desculpe, senhor, mas precisa de minha ajuda? – desta vez o caçador demonstrou sua surpresa. – Sou um simples caçador que está aqui para vingar sua família, como eu poderia ajudá-lo? Um capitão de armadura que comanda homens e protege seu povo.

– Precisamente – Frumgar olhou em busca de algum ouvido impertinente, mas estavam longe de Defth e Keetak que vinham atrás, – você não tem razões para nos trair, acabou de chegar a nosso grupo. É o único em que posso confiar.

Oktar tentou dizer algumas palavras, porém o capitão continuou.

– Preciso que você me ajude a encontrar Grendir. Porém devemos ir somente nós dois – o caçador escutava com atenção, – na próxima nevasca, devemos ir sozinhos para...

Um novo cavalo se juntou a eles, era Defth.

– O que acha, meu amigo – disse o capitão para Defth agora com uma voz muito mais alegre. – Oktar quer saber sobre Grendir. Você nos daria a honra de contar a história de nosso inimigo?

O cavaleiro sorriu e olhou para Oktar. Seus olhos não demonstravam nenhuma desconfiança, porém o caçador achava que existia algo ali.

– O prazer será todo meu – Defth tinha um leve sotaque em sua fala que o caçador não conseguia identificar, – Grendir era um fazendeiro, uma pessoa comum como eu ou você, vivia em sua casa cuidando de seus afazeres. Até que o inverno chegou para mudar a vida de todos – uma leve garoa começou a cair e Defth tentou fechar mais o seu casaco. – Grendir poderia ter, como muitos, escolhido um caminho diferente do que pilhar. Porém, essa foi sua escolha e dizem que rapidamente ele tomou gosto pela coisa. Pilhava sempre, mesmo quando não era necessário e ficou conhecido como um bom companheiro no campo de batalha. Ganhou respeito e de um simples guerreiro passou a líder. Sua fama fez com que homens viessem de lugares distantes para servi-lo.

– O poder é algo curioso – disse Frumgar. – Ele corrompe, desfigura uma alma sem avisar. Quando o pobre coitado se deu conta era o homem mais violento que estas paragens já viram – o capitão abaixou novamente a proteção de seu elmo e seus olhos tornaram a ficar rubros. – Grendir não se contenta em simplesmente arrasar e levar todo o sustento de uma vila. Ele precisa matar quem cruza seu caminho. Assim seu poder foi constituído e ele precisa continuar. Não há outra estrada a trilhar.

Os olhos de Oktar se encheram de lágrimas e a lembrança de sua família passava em seu coração. O caçador tentou esconder, mas seus companheiros perceberam e olharam desconcertados para o chão coberto de neve.

– Grendir é uma praga – continuou Defth. – Algo que tem um único propósito. Destruir. Pergunto-me o que será dele quando o inverno passar?

A única resposta possível era o silêncio. O destino de todos era incerto se um dia o frio parasse. Os finos pingos da garoa se transformaram em flocos de neve e o inverno mostrava sua força. Como se quisesse gritar a todos que ele não iria embora. Que aquele era seu território e não existiria o depois. Apenas um eterno agora gelado.

O cavalo branco de Gildron vinha a passo veloz, o franzino cavaleiro tinha a missão de viajar a oeste do grupo atuando como um batedor para prever algum problema. E tudo indicava que era o que estava para acontecer. Ele emparelhou seu cavalo com o de Frumgar.

– Senhor, fumaça a leste de nós – disse depois de fazer uma reverência tanto ao capitão quanto a Defth. A presença de Oktar foi ignorada.

– Qual a distância? – Defth perguntou.

– Não mais que uma manhã.

Frumgrar e Defth se olharam por um instante e o capitão fez um sinal positivo com sua cabeça.

– Gildron, avise Keetak e Shidrak e depois vocês três nos encontrem aqui.

Assim que Defth terminou de dizer suas palavras, o batedor impulsionou seu cavalo para longe. A neve cessou de repente, até mesmo o vento não soprava. Oktar interpretou aquilo como um bom presságio. Os cavaleiros pararam e o capitão seguiu até a dianteira da fila para conversar com alguém.

Pelo que o caçador pôde entender, Frumgar demonstrava grande respeito pelo homem que tinha o rosto marcado pelo tempo e uma grande cicatriz que descia por seu olho direito. Ao que parecia, o cavaleiro tentava demover Frumgar de alguma coisa. Porém o capitão parecia irredutível e depois de mais algumas trocas de frases o mais velho resignou-se e acenou que concordava com seu capitão.

Gildron retornou acompanhado de outros dois, o primeiro um homem grande que conduzia seu cavalo de forma desleixada, era Keetak, o segundo tinha uma expressão relaxada e coçava a barbicha negra que tinha no queixo, Shidrak. Eles se juntaram a Defth e Oktar.

Frumgar saudou discretamente os novos companheiros.

– Vocês devem acompanhar Gildron – a todo instante ele olhava para leste, tentando buscar algum sinal no horizonte, mas de onde estavam não era possível ver coisa alguma. – Defth, Oktar e eu logo nos juntaremos a vocês.

Os olhos do caçador quase saltaram de suas órbitas. Sentia-se um intruso ali, cavaleiros treinados e equipados para o combate enquanto ele levava seu machado velho com a lâmina corroída pelo tempo. Não estava à altura de cavalgar com aqueles homens. A chama da vingança ardia forte em seu coração e era somente por esta razão que levava à frente aquela viagem. Ela consumia seu orgulho e fazia com que estivesse disposto a tudo, mas talvez aquilo fosse demais. Para Oktar era claro que o capitão tinha eleito seus melhores homens para aquela empreitada e ele não ousava se colocar entre eles. Longe disso. O caçador sabia que seu papel era o de coadjuvante naquela história.

Contudo Oktar seguiu com o pequeno grupo. Cavalgavam sem pressa, o capitão e Defth conversavam sobre o que poderia ter ocasionado a fumaça, mas concordavam que era obra de Grendir. De repente os dois pararam e não foi preciso avisar Oktar, pois o caçador também escutara o som que se aproximava. Galope acelerado. Logo depois da curva na linha imaginária que eles adotaram como estrada. Os cavaleiros não perceberam, mas o caçador sim, inconscientemente Frumgrar e Defth assumiram uma posição de defesa sobre Oktar. Os dois se colocaram diante do possível perigo deixando o caçador para trás. Armas em punho. O som aumentava e somente no momento que Shidrak apareceu no caminho é que Oktar lembrou que deveria pegar seu machado. Imediatamente os cavaleiros relaxaram e guardaram suas armas.

– Qual a razão de tanta pressa?

– Senhor, é Grendir – o cavaleiro respirou profundamente. – Ele atacou mais uma vila não muito longe daqui.

– Bom deus – exclamou Defth, – temos que nos apressar.

– Não – disse com firmeza Frumgar, – não há mais nada que possamos fazer por aquelas pessoas – Shidrak confirmou estas palavras com um aceno de cabeça. – Não podemos ficar correndo sempre atrás da sujeira que Grendir faz, é chegado o momento de eliminarmos o problema. Gildron e Keetak o estão seguindo?

– Como cerveja na caneca – sorriu Shidrak.

O capitão liderou o grupo. Seguia sem pressa e com determinação. Tinha consciência de que o momento estava próximo. Pela primeira vez, realmente seguia no encalço de Grendir e não apenas vagava a esmo para acalmar sua culpa e lograr seu espírito de que ao menos tentava fazer algo.

O caminho terminava em um vale completamente coberto pela neve, de uma brancura que lembrava as nuvens do céu a não ser em um pequeno ponto onde antes deveriam estar algumas casas. Não chegavam a dez, talvez oito, não importava. Fosse o que fosse não existia mais. Tudo fora consumido pelas chamas e restava apenas uma mancha negra. Desta vez Grendir não deixara ninguém vivo.

Frumgar apeou e se aproximou de seus cavaleiros que estavam protegidos em uma das reentrâncias da ravina que descia até o vale.

— Eles ainda estão lá, senhor — reportou Gildron. — Parece que estão usando as chamas para se aquecerem.

— Quantos são? — o capitão não tirava os olhos do inimigo.

— Vinte e cinco homens a cavalo, três sem montaria — disse com orgulho o batedor.

— Podemos pegá-los — Keetak sorria. — Com força máxima ficaremos apenas com um homem de desvantagem. Precisamos voltar e chamar os outros — completou o homenzarrão com satisfação.

— Não — Frumgar olhava fixamente para os vultos no horizonte, — não será preciso derrotar a todos. Basta um deles morrer.

Apenas Oktar se atreveu a olhar para o capitão. Não demonstrava ódio, porém era claro que alguma emoção estava presente por trás das palavras.

— Vamos segui-los — o capitão continuou — e esperar pelo momento certo. É nosso dever terminar com o terror de Grendir. Assim deseja nosso senhor Mund.

Novamente apenas o caçador se manifestou, meneando a cabeça em aprovação. Os outros não sabiam como reagir a esta nova postura de Frumgar. As ordens sempre foram para ajudar as vilas, resgatar os sobreviventes e enviá-los para Golloch. Atacar Grendir era uma coisa impensável.

Voltaram a seus cavalos e passaram a viver em função dos movimentos do inimigo, um jogo perigoso de se fazer. Sobretudo quando o tabuleiro não é nada mais que uma imensidão branca onde qualquer coisa que não esteja coberta pela neve pode ser vista a uma distância considerável.

*

*   *

Pela primeira vez, Oktar estava no comando e surpreendentemente estava confortável assim. Principalmente por que estava caçando. Como sentia saudades daquilo, o sangue correndo por suas veias, os olhos buscando a paisagem e a respiração acelerada. Por um instante pensou em sua família, mas afastou estes pensamentos e se concentrou em sua presa. Raposas.

Sabia que o capitão assistia cuidadosamente a cada movimento seu, analisava, ponderava e fazia seus julgamentos. Mas no instante em que a neve cedeu um pouco à sua frente, tudo ficou para trás. O raciocínio movia-se com rapidez. A raposa estava magra, era possível ver todos os ossos de suas costelas, nenhuma carne para matar a fome, talvez roer alguns ossos e beber o sangue. Nada mais.

Sua respiração se acalmou, quase parou, olhos fixos no animal, o coração acelerava. Oktar gostava daquela sensação, quando sua mente estava totalmente concentrada em apenas um objetivo. Sem distrações. Seu pai dizia que esta habilidade é que o fazia um caçador tão bom. Ele preparou sua adaga, sentiu o frio do aço na palma da sua mão e atacou.

Pôde ver quando a raposa arregalou seus olhos e retesou os músculos para tentar fugir. Seu golpe foi perfeito, exatamente no pequeno pescoço do animal. Depois Frumgar iria perguntar, assombrado com sua tática, como ele não deixava que a presa escapasse. Como conseguia aquela precisão. O caçador apenas disse que existe um momento em que as coisas ficam muito claras em sua mente. Exige um grau imenso de concentração, mas quando feito da maneira correta, é como se ele pudesse antecipar o próximo golpe de seu adversário. Inevitavelmente o capitão perguntou se poderia ser feito em uma luta, homem contra homem. Não. Foi a única palavra que Oktar disse antes de se afastar.

O caçador retirava toda a pele da raposa para depois limpar. Repetiu este processo várias vezes. Conseguiu caçar, para espanto de todos, quinze ou dezesseis animais aquele dia. E como esperava, mesmo assim a carne conseguida não daria para alimentar dois homens. Depois que a pele estava limpa Oktar as costurava e quando o dia acordou, ele tinha feito casacos para todos os seus companheiros. Sua brancura era pura, como a neve, e mantinham o corpo aquecido. Um disfarce preciso.

O vento da noite empurrou para longe as nuvens cinzentas e depois de incontáveis dias o céu era azul novamente. A claridade irritava os olhos acostumados com a luz opaca e a sensação do Sol batendo era uma grata surpresa. A neve reluzia, não chegava a derreter, e a claridade inundava até mesmo a caverna que eles passaram a noite.

Uma distância segura os separava de Grendir. Não podiam escutar suas palavras, mas identificavam sem dificuldades sua barba negra e o cabo de ouro de sua espada. "Flagelo de Gelo" era como chamavam a arma de lâmina grossa. Se não fosse por seus casacos brancos, nenhuma distância teria sido suficiente para os ocultar dos batedores do inimigo. Envoltos com as peles da raposa estavam seguros. Por enquanto.

Os dias se passavam sem muita vontade e os homens já começavam a demonstrar sinais de insatisfação. Entretanto Frumgar permanecia firme em suas convicções, era preciso esperar o momento certo. Um ataque errado e poderiam perder a única chance de matar Grendir. E isso, era inadmissível.

*
 *   *

O vento frio soprou com vontade e dentro de instantes ficaria difícil de continuar. O coração de Oktar disparava quando as palavras de Frumgar surgiam em sua mente. "A próxima nevasca". As palavras quase tinham se perdido no mar de memórias, porém o caçador conhecia aquele movimento do ar e sabia o que se seguiria. O aviso do capitão queimava sua mente como brasa.

Sem nenhuma surpresa os cavaleiros receberam a pesada neve e, mais uma vez graças ao conhecimento que Oktar tinha da região, encontraram um lugar seguro para se abrigar. Era uma caverna ampla, seguia fundo nas entranhas da montanha e mesmo o caçador não tinha certeza de onde poderia terminar. A noite veio sonolenta, sem pressa ou dificuldade. A lua se escondia atrás das nuvens e o vento assobiava.

Usavam grossas peles e fogueiras, mas o frio era implacável. Sentiam os ossos gelados e os músculos doídos. Ainda assim o caçador dormia um sono profundo, estava acostumado a repousar em condições desfavoráveis e conseguia se aquecer um pouco melhor que os outros.

Contudo um leve toque em seu ombro foi o necessário para despertar. Apenas abriu os olhos e colocou a mão no cabo de seu machado, sem sustos ou qualquer ruído. Movimentos controlados e frios como o ar. Frumgar se impressionou com essa reação, uma pessoa comum teria se debatido e gritado.

– É chegado o momento – fumaça saía da boca do capitão a cada palavra. – Preciso de sua ajuda.

Ao seu redor os outros estavam acordados, armas em punho e um sorriso nos lábios. Finalmente a luta estava para começar. Pela abertura da caverna se via a escuridão e a nevasca que caía com força.

– Uma patrulha de Grendir está rondando por aqui – as roupas de Frumgar estavam úmidas, indicando que ele estivera vagando pela neve enquanto os outros dormiam. – Dois homens. Usam armadura pesada e estão a cavalo. Vamos emboscá-los e Oktar e eu vamos assumir seus lugares.

O intestino do caçador virou ao avesso.

– Eu? – a palavra quase não saiu e ele teve que repetir. – Eu?

Os outros nada disseram, porém era evidente que concordavam com as dúvidas de Oktar. O caçador não tinha nenhuma experiência e fora o último a se juntar a eles. Todos se sentiam traídos por seu capitão e Frumgar precisaria fazer algo logo se não quisesse perder a lealdade de seus comandados.

– Eu não precisaria ficar dando explicações, já que ainda sou o capitão – ressentimento acompanhava estas palavras, – mas como percebo que todos estão questionando minhas decisões de forma covarde em suas mentes, digo por que Oktar irá comigo. Grendir não usaria alguém que não tivesse um bom conhecimento da região para ser seu batedor, e por mais que todos nós já tenhamos lutado em muitas batalhas, Oktar viveu aqui toda a sua vida. Em segundo lugar, preciso que alguém esteja nos vigiando, a chance de algo sair errado é tremenda. Alguém terá que nos socorrer. Preciso de guerreiros endurecidos pela batalha, que saibam tomar a decisão certa, no momento certo.

Ninguém ousou questionar essas palavras, pois elas faziam sentido e o silêncio doía nos corações arrependidos dos cavaleiros. Apenas Frumgar continuava seus afazeres com sua consciência tranqüila sobre aquele assunto.

– Podemos ir agora?

Todos assentiram em silêncio e seguiram seu capitão.

O Sol já começava a despontar e uma claridade renovada banhava as reentrâncias das rochas. Agora todos podiam ver os batedores de Grendir, realmente eram apenas dois, porém fortemente armados. Os cavalos também portavam armaduras e pareciam criaturas de outro mundo escondidos sobre o metal negro. Era uma visão ameaçadora. Frumgar vestiu seu elmo dourado, o detalhe em pedra vermelha lembrava um inseto, e esperou protegido pela rocha da montanha.

À frente dos batedores, a estrada se estreitava e era ladeada por duas enormes paredes de rocha. Ali seria o local do ataque. Infelizmente quando o inimigo ficou ao alcance a nevasca parou. De um momento para o outro a neve não mais caía. Talvez fosse um presságio e um homem que acreditasse em tais coisas provavelmente não teria atacado. Porque não existia dúvida de que aquilo parecia magia. Frumgar atacou, a nevasca seria um ingrediente interessante, tiraria quase que por completo a visão dos batedores, mas ainda assim existia uma desvantagem numérica muito grande contra eles.

Foi uma luta breve, os batedores resistiram bravamente, porém desde o início sabiam que era uma luta impossível de ganhar.

Sem muita demora Frumgar e Oktar já estavam vestindo as armaduras do inimigo e montando em seus cavalos. O caçador estava nervoso, suas mãos suavam e a respiração vacilava, o fato de ter sido a primeira vez que presenciara o assassinato de um homem contribuía pouco para este estado. Sua mente e coração estavam voltados para a vingança. O simples fato de saber que tudo estava começando, criava uma confusão em sua alma.

Após uma breve despedida Frumgar e o caçador seguiram seu caminho. Foi preciso o capitão conter o cavalo de Oktar que disparava a frente.

– Precisamos ter paciência – disse o capitão quando os dois já estavam longe dos outros. – Não podemos cometer nenhum erro. Sei que seu desejo em ver Grendir morto é grande, assim também é o meu – o caçador olhou com surpresa para Frumgar – sim, meu coração também deseja vingança por todas as mortes que Grendir foi responsável. Não é porque sou um capitão de nosso Senhor Mund que devo ter minhas emoções congeladas ou anuladas. Por isso, ouça-me com atenção. Grendir só morrerá quando eu ordenar – Oktar permaneceu em silêncio. – O maldito ainda precisa nos dizer quem é o traidor. Quem é o verdadeiro responsável pelas mortes.

Ele pensou, sabia que deveria dar uma resposta. Porém, não sabia qual. Seu coração estava em dúvida e sua mente ainda não conhecia qual reação ele teria quando estivesse diante de Grendir. O capitão interpretou o silêncio do caçador como um aviso. Seria preciso vigiar.

– O que faremos agora? – foi o que Oktar conseguiu dizer.

– Voltaremos até Grendir e diremos que encontramos rastros de cavaleiros.

– Não será um perigo revelar que ele está sendo seguido?

– Realmente será, porém precisamos ter algum motivo para voltar. Não sei quais são as ordens que os batedores tinham – o olhar do caçador indicava que ainda não estava convencido. – Não se preocupe, nossos companheiros não correm perigo. Se Grendir realmente quiser ir atrás deles, lembre-se que somos nós que indicaremos o caminho.

Seguiram em silêncio através da neve que voltava a cair.

*

* *

Trinta, talvez trinta e cinco homens formavam o grupo de Grendir. Homens rudes roendo ossos em volta de algumas fogueiras. A maioria levava uma espada de lâmina larga junto de si, usavam armaduras lisas e escudos, diferente das armaduras dos batedores. Feitas para amedrontar eram mais trabalhadas e vistosas, porém para a luta eram desajeitadas e inúteis. Os moradores da região não tinham a menor chance contra aqueles guerreiros. Era uma covardia sem tamanho o que acontecia ali. O acampamento fedia a carne queimada e mijo.

Ninguém fez mais do que olhar sem interesse para os dois cavaleiros que se juntavam a eles. Isto fez com que Oktar respirasse com certa tranquilidade, o primeiro obstáculo tinha sido ultrapassado. Deixaram os cavalos ao cuidado de um dos poucos homens que não usava armadura, um barrigudo careca que prestou mais atenção aos animais.

– Parece que desta vez não fizeram nenhuma besteira, seus malditos – grunhiu.

Existiam apenas duas tendas feitas de pedaços de tecido carcomidos e sujos. Instintivamente os dois seguiram em direção a elas. A primeira era maior e tinha dois homens fortemente armados na sua entrada e um outro estava sentado em uma cadeira de madeira.

– Ei, vocês dois. – chamou o homem na cadeira, tinha uma voz esganiçada – Venham aqui.

Sem saber de quem se tratava eles simplesmente obedeceram, logo perceberam que o homem se surpreendeu com a pronta resposta à sua ordem. Poderia ser um erro.

– Querem um pouco de diversão? – o homem mostrou os dentes podres no que deveria ser um sorriso. – Os preços estão baixos.

Hesitaram por um momento, então do interior da tenda surgiu a súplica de uma mulher e o que se passava ali ficou claro. Este era o destino das mulheres raptadas nas vilas, servir de diversão para os homens de Grendir. Por um breve momento Oktar ficou feliz que sua mulher e filha tinham morrido.

– Não temos tempo para isso – respondeu Frumgar. – Temos que falar com o chefe.

– Não se incomode, estaremos sempre disponíveis – mais uma vez o homem contraiu seus lábios tentando sorrir.

Com passos apressados eles seguiram em frente. A outra tenda era menor, sem guardas e não existia nenhuma abertura que mostrasse seu interior. Eles pararam, não tinham dúvidas de que Grendir estava ali, entretanto qual seria a maneira correta de pedir uma audiência? Frumgar seguiu em direção à porta, porém Oktar o segurou pelo ombro.

– Estamos diante de um homem que se esforça para mostrar que tem poder. Um conquistador não é alguém que tenha o costume de ser tratado como os outros – sussurrou o caçador. – Não creio que uma abordagem direta seja a forma correta de agir. Devemos esperar um intermediário.

O capitão assentiu às palavras de seu companheiro e assim os dois ficaram respeitosamente parados diante da tenda.

Não demorou a que do interior da tenda saísse um homem fumando um cachimbo. Não usava armadura, apenas um grosso casaco de pele.

– O que vocês fazem aqui? – o homem pigarreou.

– Trazemos notícias – respondeu Frumgar dando um passo.

– Então as diga – o homem os olhava de cima a baixo, analisando-os.

– Encontramos homens de Frumgar rondando perto daqui – o capitão levava segurança em sua voz. – Matamos dois deles. Mas os outros fugiram.

– Eu já tinha conhecimento disto – existia uma raiva velada na voz do sujeito.

Ele puxou o ar de seu cachimbo e depois soltou a fumaça densa. Repetiu a operação mais uma vez, olhando com cuidado para o capitão. Olhou apenas uma vez para Oktar sem interesse. Parecia que seus olhos eram capazes de ver através do ferro dos elmos, o caçador sentia necessidade de se afastar da presença daquele homem, porém conseguiu se controlar e permanecer quieto.

– Bom trabalho – disse com escárnio. – Por enquanto saiam daqui e esperem por ordens. Logo vamos marchar – deu as costas e retornou à tenda sem dizer mais nada. Um fio de fumaça se formava por seu caminho.

Nada mais aconteceria ali e, pelo menos por enquanto, tudo estava bem. O plano de Frumgar funcionava. Faziam parte do bando de Grendir e poderiam seguir com eles por um tempo.

Os dois rumaram para onde estavam os soldados, tomando o cuidado de passar longe da outra tenda e evitar serem importunados. Sentaram-se ao redor de uma fogueira extinta, um pouco afastada do acampamento. Rapidamente Oktar reacendeu a chama e um calor confortável surgiu.

– E agora o que fazemos? – o caçador apontava as palmas das mãos para o fogo.

– Esperamos. O primeiro passo demos com segurança, mas antes de acertarmos nossas dívidas com Grendir, preciso saber quem é o traidor – o capitão suspirou. – Preciso saber quem é o maldito que está me traindo.

– E como é possível que realizemos tal coisa? – a voz do caçador estava tensa. A situação não lhe agradava. – Vamos nos livrar de Grendir e acabar logo com isso.

– Não podemos eliminar Grendir – Frumgar falava pausadamente, – ele não é nosso verdadeiro problema. Toda traição é o resultado de um plano maior, a única traição simples e estúpida é por amor. Simplesmente matar Grendir não será a solução para terminar com o terror que assola nossa terra. É preciso desmascarar o verdadeiro autor, a mente por trás de tudo. Grendir não seria capaz de tal coisa sozinho.

— Então iremos esperar aqui até que o traidor resolva se mostrar a nós? — Oktar compreendia as palavras do capitão, mas o desejo de vingança vencia a razão.

— Deixar meus homens sem comando, trazer os melhores guerreiros para uma missão aparentemente sem sentido — Frumgar sorriu. — Seja quem for, terá que tomar uma atitude. A mente precisará acionar o músculo, Grendir será acionado. Aposto o que você quiser que ainda hoje aquela tenda receberá uma visita inesperada.

Oktar ficou em silêncio, lentamente os acontecimentos se encaixavam em sua cabeça e ele compreendia um pouco do plano do capitão. Leves batidas em seu joelho chamaram a atenção de Frumgar. Oktar apontava para um cavaleiro que subia em direção às tendas. O capitão sorria novamente.

O cavalo branco caminhava sem muita vontade, desviava das pequenas pedras cinzas espalhadas pela neve. O cavaleiro vestia um pesado casaco de pele de lobo e um capuz cobria seu rosto. Não era preciso olhar com muita atenção para saber que ele destoava de todos ali. Não só por suas vestimentas, mas por seu porte altivo. Passou pela primeira tenda e o homem dos dentes podres apenas abaixou a cabeça. Perto da segunda tenda apeou do cavalo e entrou sem hesitar no abrigo de Grendir.

Oktar olhou para o capitão, porém não ousou dizer nenhuma palavra. Não foi preciso uma troca de palavras, os dois companheiros inconscientemente caminhavam em direção à tenda de Grendir. Atraídos pelo ódio em seus corações.

Depois de alguns instantes o sujeito com o cachimbo saiu da tenda e fez sinal para que os dois se aproximassem.

— Mantenha-se calmo — sussurrou o capitão antes de chegarem até o sujeito. — Grendir vai estar lá, não faça algo que depois vá se arrepender. Espere o momento certo para agir. Talvez o momento ainda não tenha chegado e Grendir deva viver mais um pouco. Espere por meu comando.

O caçador apenas assentiu com a cabeça, mas em seu interior sua alma se agitava. Debatia-se e gritava em expectativa. Oktar conseguia manter o semblante frio e indiferente. Apenas os lábios apertados, os dentes machucando a parte interior.

Passaram pela montaria do mensageiro e Frumgar percebeu um pequeno brasão nas cores branco e vermelho e ali estava o corvo de lorde Mund. O capitão hesitou, sabia o que iria encontrar no interior da tenda e não desejava ter que enfrentá-lo. Somente os mensageiros pessoais de Mund usavam aquela sela, com a marca do lorde. Estes mensageiros levavam as palavras do próprio Mund, eram seus representantes. Frumgar tinha descoberto seu traidor. Porém um comando firme fez com que qualquer idéia de fugir dali fosse afastada.

– Grendir deseja falar com vocês – disse o sujeito do cachimbo. – Entrem agora.

O sujeito afastou o tecido e pela primeira vez viram o interior da tenda. Uma grande cadeira de madeira estava colocada sobre uma plataforma improvisada, peles de animais cobriam o encosto. Um buraco no chão guardava uma boa fogueira. Deram dois passos e sentiram o calor abraçar seus corpos. O cheiro de comida agrediu seus estômagos e suas bocas salivaram. O prato com carne assada e batatas era algo difícil de ver naqueles dias gelados.

Um homem de ombros largos e barba por fazer sentava de maneira displicente sobre a cadeira. Grendir não sorria, mas seu semblante estava relaxado. O homem encapuzado estava com o rosto descoberto. Mostrava traços delicados, barba bem aparada, as bochechas estavam vermelhas, queimadas do vento frio. Agora era possível ver que suas roupas eram finas e caras, um homem acostumado a uma vida confortável, sem dúvida tinha posses. Oktar não compreendia o que ele poderia estar fazendo na tenda de um ladrão desgraçado como Grendir.

– Por favor – Grendir disse com uma voz afável, – retirem seus elmos. Amigos não escondem seus rostos.

Imediatamente o caçador retirou seu elmo e revelou seu rosto duro, talhado pelos longos períodos que permanecia no ermo.

Não ousou encarar Grendir, seus olhos buscaram o chão. O capitão colocou as mãos sobre o seu elmo, porém não o retirou. Ninguém podia ver seu rosto, apenas o frio desenho do metal e um silêncio desconfortante surgiu.

– Retire seu elmo e demonstre respeito a seu líder – ordenou o sujeito do cachimbo.

Lentamente o metal revelou o olhar firme de Frumgar. Encarava o encapuzado, sua mão se aproximando do punho da espada. Ignorava completamente a presença de Grendir, a voz do vilão acalmou seu ímpeto e sua mão parou.

– Assim é melhor – Grendir estava incomodado com o olhar do capitão, mas tentava ignorá-lo. – Svenk me disse que vocês podem ter notícias para nós. Nosso amigo aqui – meneou a cabeça em direção ao encapuzado – acha que o capitão pode estar aprontando alguma coisa.

– Senhor – a palavra quase não saiu, – apenas disse que o capitão Frumgar tomou uma atitude, digamos, surpreendente. Meu lorde não gosta de surpresas, por isso estou aqui. Nada mais.

– Seja como for – Grendir se recostou na cadeira, – o que podem me dizer sobre os homens que encontraram?

O encapuzado não parava de olhar para Frumgar, era como se tivesse a certeza de que o que procurava estava ali, mas ainda assim não conseguia vê-lo.

O caçador esperava por uma palavra do capitão, mas ele permanecia em silêncio. Oktar não desejava ser obrigado a falar, mas o silêncio poderia ser fatal.

– Bem, estávamos – foi a primeira vez que seus olhos cruzaram com os de Grendir, – estávamos seguindo pela... – a imagem de sua mulher invadiu sua mente e ele não conseguia raciocinar – seguindo pela...

– Desembuche, homem – gritou Grendir.

Oktar abaixou a cabeça, tentava se concentrar, mas tudo que lhe vinha à mente era a imagem de sua adaga rasgando o pescoço do vilão.

– Frumgar! – gritou o encapuzado. – Por Shuatam, é o capitão – seu dedo apontava para Frumgar.

Por reflexo e nada mais simples que isso, Frumgar desembainhou sua espada e atacou o encapuzado.

– Mas o que... – Grendir jamais completará esta frase. A adaga de Oktar o impediu.

Vendo que aquela seria sua única chance, a única maneira de vingar sua família, o caçador agiu. Limpou sua mente de qualquer sentimento, qualquer pensamento e seguiu apenas o instinto. Com a mão esquerda puxou a adaga pelo cabo, assim que a lâmina estava livre, sentiu o frio do aço na palma da mão direita. Segurou firme a lâmina, girou o braço por cima de sua cabeça e arremessou.

A arma voou em linha reta, girando sobre seu eixo e perfurou o olho esquerdo de Grendir, a lâmina cravou com firmeza em seu cérebro. O corpanzil caiu inerte sobre a cadeira. Grendir estava morto. O coração de Oktar batia com alegria.

O encapuzado estava tomado pela surpresa e não ofereceu nenhuma resistência à espada de Frumgar. O capitão fez um profundo corte no peito do homem que deu dois passos para trás e caiu. Não foi o suficiente, ele se aproximou do moribundo e sussurrou em seu ouvido.

– Este foi seu último ato de traição. Assassino – Frumgar disse estas palavras com calma e depois cortou o pescoço do incrédulo Walsat, conselheiro de lorde Mund.

– Capitão – o alerta de Oktar foi tardio, pela entrada da tenda o sujeito do cachimbo fugiu.

Frumgar levantou-se e limpou o sangue de sua lâmina. Caminhou lentamente até a entrada e espiou pelo vão no tecido.

– Seu coração está em paz, meu amigo? – disse voltando-se para o caçador que acenou positivamente. – Isto é bom. Infelizmente sua espada não poderá repousar, ainda precisamos sair daqui.

Oktar desembainhou a espada que tinha pegado do batedor e se preparou para a batalha. Sentia-se lívido e pronto para enfrentar o que entrasse por aquela porta. Não tinha mais medo da morte, tinha cumprido sua promessa e poderia deixar este mundo sem nenhuma amarra. E isto é o que qualquer pessoa deseja.

Estavam lado a lado quando surgiram os dois guardas que vigiavam a outra tenda. Eram enormes e usavam machados com lâminas largas e pesadas. Em nenhum momento hesitaram, nem mesmo ao verem seu líder morto, atacaram com uma fúria mecânica, mas ainda assim violenta. Frumgar estava acostumado com aquele tipo de luta, sentia um prazer em enfrentar bons adversários. A luta seguia equilibrada.

Tudo que o caçador conseguia fazer era se defender, aparava cada golpe do enorme guarda com sua espada. Porém suas mãos já estavam perdendo a força e o ímpeto do inimigo o obrigava a dar passos para trás. Uma manobra inadmissível para um bom guerreiro, para um caçador era a única opção. Gritava a cada golpe, para espantar seu medo, mas ele teimava em permanecer e os ataques continuavam vindo. Assim foi até que a força de suas mãos esgotou e a espada voou para longe.

Desarmado diante do adversário, Oktar o encarou nos olhos. Não fugiu como muitos teriam feito, nem mesmo se encolheu diante do golpe. Recebeu como um verdadeiro guerreiro. Quando o machado passou diante de seus olhos, a caminho de seu ombro, sorriu. Estava em paz e iria encontrar sua família no reino de Darkhier.

De repente pela parte de trás da tenda o tecido se rasgou e por ali entraram os comandados de Frumgar. Tampouco Defth, Gildron e Keetak se importaram com o que se passava na tenda, os corpos e o sangue derramado, sem pensar ajudaram seu capitão a derrotar os dois guardas.

– Obrigado – disse o capitão para Defth, – temos que sair daqui. Pegue o corpo daquele traidor – apontou para Walsat.

Já podiam escutar os gritos e a comoção que acontecia lá fora. Logo todo o acampamento estaria ali pata matá-los. Gentilmente Frumgar carregou Oktar em seus braços e eles fugiram dali. Os cavalos já estavam preparados e com grande pesar por sua perda os companheiros sumiram na neve que voltava a cair.

Cavalgaram por quase dois dias sem parar, sempre com o inimigo em seu encalço, mas conseguiram finalmente despistá-los. Cansados e com fome esconderam-se em cavernas até chegarem a uma vila que nada sabia sobre Grendir ou o lorde Mund.

– O que faremos agora, capitão? – Gildron tinha as bochechas fundas e os olhos abatidos.

– Temos uma dívida com Oktar e eu pretendo honrá-la – todos assentiram a estas palavras, – e não me chame mais de capitão, hoje já devo ser um traidor.

*

*   *

Apesar do perigo e das dificuldades, Frumgar e seus companheiros levaram o corpo de Oktar até sua vila. Chegando lá tudo que encontraram era o cemitério. Enterraram o caçador ao lado de sua mulher e filha e ele finalmente pôde passar a eternidade junto de sua família.

A jornada de Frumgar poderia estar completa, mas a História reservava para ele um último capítulo. Ele seguiu até a cidade de Golloch e sob o teto de Mund o desafiou com suas palavras e a verdade. A cabeça de Walsat, preservada durante toda a longa jornada, foi jogada aos pés do lorde.

– Talvez ninguém nunca saiba o que você fez, mas eu sei. Conheço sua traição e isso basta. Você irá pagar com a vida pelo mal que fez e tudo que vier das mortes que você causou será amaldiçoado.

Foram as palavras daquele que antes era chamado de capitão. Frumgar amaldiçoou Mund e devolveu sua espada para o lorde. Desarmado, foi preso e levado para as masmorras junto com seus três amigos. Foi declarado traidor e assassino. Todos foram sentenciados à forca em praça pública, seus corpos jogados em uma vala e seus nomes ao esquecimento.

Porém, a maldição de Frumgar se abateu sobre Mund. Logo

após a morte do capitão, o lorde adoeceu e jamais melhorou. Acamado, sofria dores terríveis que curandeiros ou magos não sabiam explicar. Envenenado morreria um ano depois. Seu filho Melq, herdeiro legítimo, foi morto por Bagnor.

Quando o Sol finalmente surgiu, o antigo conselheiro de Mund se declarou rei Bagnor e entrou para a História como o primeiro rei dos Humanos. Seus domínios ocupavam todo o Norte de Breasal, terras conquistadas graças ao frio e ao sangue dos inocentes.

Ilustrações contidas neste livro

Elves & Dragons
82 x 62 cm

The Arrival of the Air Ships
60 x 80 cm

Dragon Isle
65 x 45 cm

The Perilous Wood
80 x 60 cm

Cernunnos
65 x 45 cm

The Last Dragon
60 x 42 cm

Celtic Dragon
35 x 50 cm

Knights
30 x 45 cm